ふたりの余命

余命一年の君と余命二年の僕

高山 環

宝島社
文庫

宝島社

「目次」

ふたりの余命　余命一年の君と余命二年の僕

プロローグ

ゴールデンウィーク明けの真新しい夏が降り注ぐ海岸近くの道を、椎也《しいや》はひとりで歩いていた。

授業をさぼり朝の潮風に当たれば、少しは気分が晴れると思ったが、ただ単に暑いだけだった。堤防の向こうからなにかを押し潰す破滅的な波の音が響く。

初夏の太陽を椎也は睨《にら》む。旺盛な太陽は六月になると梅雨の雲に一旦隠れる。自分が太陽だったら、出鼻をくじかれてやけになり、大地を焼き尽くす暴挙に出るかもしれない。それは自分のような十六歳が世界に絶望して暴走するのに似ている。

堤防沿いの道は他に誰も歩いていない。通勤通学を終えて、学生も社会人も所定の持ち場につき、それぞれの役割を果たしている時間だ。呑気《のんき》に散歩しているのは自分くらいなものだ。

車道の真ん中に黒いものを見つけた。遠くて、なにかわからない。陽炎《かげろう》にも丸い物体にも見える。

目を凝らしながら近づくと、陽炎のように遠ざかることなく、黒い物体は毛むくじゃらの小動物に変わった。顔を毛皮にうずめた動物が車道の真ん中で丸まって動かないでいる。

道の奥からダンプカーが現れた。なんの躊躇《ちゅうちょ》もなくダンプカーが黒い動物に接近する。

轟音《ごうおん》と振動が離れた場所に立つ椎也にも届く。このままではダンプカーの巨大なタイヤが動物を轢《ひ》き、アスファルトの染みに変えてしまうだろう。ここから黒い小動物まで十メートル弱。ダンプカーが踏み潰すまでにどれだけの猶予があるか計算する余裕はない。

椎也は歩道から境界ブロックを乗り越え、車道へ飛び出した。革靴のつま先がアスファルトにつんのめり倒れそうになりながら、ラグビーボールを拾うように黒い動物を片手で掬《すく》い上げる。

動物を抱えながら向かってくる車の運転席を一瞥《いちべつ》すると、無表情の中年男性がハンドルの上にだらりと手を置いていた。彼にはなにが見えているのだ、と訝《いぶか》しむ間もなく、反対車線に椎也は背中から自らの身を投げた。

半袖シャツが砂埃《すなぼこり》にまみれ、ズボンがアスファルトに擦《こす》れる。摩擦熱で溶けたナイロン生地が熱い。

目の前に人が飛び込んできたのに、ダンプカーは速度を緩めることもなく、超然と走り過ぎていった。

腕に抱いた黒い動物の顔をのぞく。猫だ。温かい。蹲《うずくま》る黒猫を歩道脇の草むらにそっと置く。

海上の空を椎也は見上げて、息をつく。空はどこまでも青く、雲はどこまでも白い。地上の風景と頭上の空は生と死と同じぐらい距離がある。

パチパチパチ。

どこからか拍手が聞こえた。

「あっぱれでござる」

ござる？　聞き慣れない語尾が背後から耳に届き、椎也は振り向く。

そこには小さな侍が立っていた。椎也の腰の高さしかない侍が羽織袴《はおりはかま》姿で、二本の刀を差し、結った髷《まげ》と額を剃《そ》ったヅラを被《かぶ》っている。かなり本格派のコスプレイヤーだ。

自分が知らないアニメキャラか。さっきは誰もいなかったのに、いつからここに立っていたのだろう。大人にしては背はかなり低いが、子供のコスプレマニアか？

「侍？」

どんな状況でも侍は非現実的だが、強い日差しの下の侍は現実から浮遊した幻影に思える。

「いかにも侍でござる」侍が仰々しく頷《うなず》いた。落ち着いた大人の声だ。

いかにも。二十一世紀に侍と自認する男。深く考えるまでもなく、彼の頭はおかしい。おかしい人間に関わるべきではないことは、能力も嗜好《しこう》も関係なくあらゆる十二歳が放り込まれる公立中学校で嫌というほど思い知った。

侍を無視して、椎也はすたすたと歩き出す。

「待つでござるよ」

本気でおかしい。気味が悪い。猫を救うのもレアなイベントだがコスプレ侍に朝から出会うのはもっとレアだ。ここはハロウィンの渋谷《しぶや》ではない、相模《さがみ》湾に面した小さな街だ。人がいない場所で仮装してなにが楽しいのだ。猫を救ったあと、出会うのにふさわしいのは、小さな侍ではなく女神か天使のはずだ。

走って逃げるべきか。彼はコスプレをした通り魔かもしれない。腰に差しているのは真剣ではなく偽物だろうけど、仮に木刀でも殴られたらかなわない。青空に向けたアンテナみたいな丁髷《ちょんまげ》はカツラにしてはよくできているが、もしも地毛だったら、完全無欠の変態だ。

目を合わせないように椎也は下を向いて足を速めた。

「止まるでござる」

前方から声が聞こえたので顔を上げると、鼻頭がぶつかる距離に侍の顔があった。思わずのけぞる。いつのまに先回りしたんだ。まったく気がつかなかった。こんなに上手に忍び足ができるなら、侍ではなく忍者のコスプレをしたほうが似合ったのに。

同時に、椎也はおかしな点に気づいた。コスプレ侍は背が低く、自分の腰までしかなかった。鼻がぶつかりそうになるわけがない。

視線を下ろすと疑問はすぐに解消できた。侍の体が宙に浮いているのだ。草履の影が歩道に落ちている。そうか、浮いているから、身長が違うのに視線が合ったのか。なるほど、と手を叩《たた》いて納得するには物理の知識が邪魔をする。

椎也は侍の顔と草履の影の間で視線を上下させた。

「幽霊？」

宙に浮かぶものといえば幽霊だ。奇《く》しくも彼は侍の格好をしている。大名の改易により浪人になった侍が恨んで出てきたとか。

「拙者《せっしゃ》は侍でござる。何度も言わすな」小さな侍が胸を張って答える。

椎也は常識を覆す奇妙なものに今まで遭遇したことがなかった。この世でもっとも奇妙でおかしな存在は普通の人間だと、ずっと思ってきた。

「悪霊？」

「しつこいのう。霊から離れろ。其方《そなた》は高校生じゃろ？　侍を日本史の授業で習わなかったのか」

「ダウト」

「だうと、とな？　聞いたことがない言葉じゃ」

「侍が生きた江戸《えど》時代に高校は存在しない。そんな言葉を知っているのは、あんたが本物の侍ではなく、現代に生きる変態コスプレイヤーだからだ」

いくら体が小さいからといって、刀を腰に差す男をからかうのは危険だが、幽霊などと非科学的なものを一瞬でも信じそうになった自分を恥ずかしく思い、きつい言葉を止めることができなかった。

椎也の言葉をコスプレ侍が破顔一笑した、宙にふわふわと浮きながら。侍の格好がコスプレだとしても、空中に浮かんでいられるのはどうしてなのか。透明な台にでも乗っているのか。草履の下に足を突き出してみるが、革靴は空を蹴《け》るだけだった。

「侍でも今の世を過ごしていれば、高校ぐらいわかるわ。高等な寺小屋じゃろう？」

昔読んだＳＦ漫画に、主人公が父親の少年時代へタイムスリップした話があった。タイムスリップしたことに気づいた主人公は「こんなことはよくある。漫画や映画でうんざりするほどたくさん観た」と言って、まったく動じることなく過去の世界を受け入れていた。目の前にぷかぷか浮かぶ侍を現実のものだと自分も受け入れるべきなのか、こんなことはよくあることだ、と。

椎也は辺りを見る。空はどこまでも青く、雲はどこまでも白い。どこまでも続く天の下に、侍がいる。他に誰もいないし、車も通らない。ここからは堤防で見えない海の潮《しお》騒《さい》が見知らぬ者たちのざわめきに聞こえる。

「川上《かわかみ》椎也殿じゃな」

なぜ名前を知っている。当たり前だが侍に知り合いはいない。

「俺の先祖？」

「否《いな》」侍が首を振った。

自分の守護霊かと思ったが、違ったようだ。

「じゃあ、なんだよ」彼の正体をあれこれ考えるのが面倒になり、椎也は投げやりに尋ねた。

「死神でござる」

波の割れる音が一際大きく聞こえた。

第一章　ふたつの余命

椎也684日

侍と死神。なかなか非現実的な組み合わせだ。日本刀を持つ侍が死神。死神といえば鎌じゃないのか。椎也はまじまじと目の前の侍を見た。丁寧に結われた髷も、鮫《さめ》の皮みたいなものが巻かれた刀の柄も本物っぽい。カツラでもビニール製でもないようだ。コスプレにしては気合いが入りすぎている。彼は本物の侍なのか。

彼はふたつの言葉で自称した。侍と死神。片方だけが正しいとは考えにくい。両方嘘《うそ》か、あるいは両方真実か。ということは、彼は侍かつ死神である死神侍。

「心配は無用じゃ。すぐに死神の存在を信じられないのは椎也殿だけではござらん。そちらのほうが多数派でござる。特に椎也殿のような若い輩《やから》は」

「あんたが本物の死神だと証明できる？　誰か有名人の死を予言するとかして」

「他人の余命は内緒でござるが、其方のことなら言えるぞ。名は川上椎也。十六歳で今年の四月にめでたく高校生になった。母ひとり、子ひとりで暮らしておる」なにも見ずに侍が言う。それぐらいは戸籍を閲覧すればわかる。「初めての接吻《せっぷん》は四歳の時で、相手はさっちゃんという娘。それ以上の男女の触れ合いは今のところ……」

「わかった、もういい」

侍の言葉を慌てて制する。幼稚園でさっちゃんとキスしたことは誰にも話していない。あれがファーストキスだとわかるのは、椎也の人生すべてが見える者だけだ。

「これで死神を信じたな。椎也殿は高校生なのだから理解できるじゃろ」

学校で死神について教わったことはないが、漫画や映画で散々観てきたので、人の命を奪う死神という概念は知っている。もちろん、会ったことはないし、存在を信じたことなど一度もないが。死神のような非現実的なものがどうして見えているのか。まさか、三年前の怪我《けが》による後遺症か？

「死を司《つかさど》る拙者が其方の前に現れた理由はわかるじゃろ？」

「えっ」

椎也の心臓がどきりと跳ねた。

「椎也殿、其方の余命はあと二年でござる」ゆっくりと恭《うやうや》しい口調で侍が言った。どんなにゆっくり言っても唐突で、どんなに恭しく言っても乱暴にしか聞こえない。

「ござる」を語尾につけても、その台詞《せりふ》は侍より死神に似つかわしい。

「二年後に俺が死ぬと言っている？」

「左様。正確には六百八十四日後でござる。あ、今日は含んでおらん」

一日ぐらい少なくてもどうとも思わないが、死期が近づいたときには、その一日がとても貴重に感じるのだろうか、夏休みの最後の日みたいに。もちろん、本当に余命が二年だったならの話だ。

自分が死ぬ。高校一年生の自分は自身の死について深く考えたことなどない。自分の死は死神の存在よりもさらに遠い。

「ということは、俺は再来年の四月一日に死ぬのか」

「計算が速いでござるな。さすが高校生」

エイプリルフールが命日なんて冗談みたいだ。

「俺はまだ十六歳だ、死ぬには少々早すぎないか」

「白虎隊《びゃっこ》のように、若くても立派に死ねた者は大勢いるから心配するな」

断頭台に落ちるギロチンの刃のように侍がすっぱりと断言した。

「あんたは余命が短い人のところへ出かけていって、あと何日で死ぬのか親切に教えているのか？」

「御意《ぎょい》」

「はい、ダウト」

「また、だうとか。なんだ、そのまじないは」

「死神に会ったら、人に話したり、ネットに書き込んだりする人間がいるはずだ。死神との遭遇レポートなんて見たことない。だから、あんたが言っていることは大嘘だ」

少しでも信じそうになった自分が愚かに思えた。いくら暇だからって、こんな失礼な狂人と一緒にいたら、こっちまでおかしくなる。

椎也がその場を去ろうとすると、侍が口を開いた。

「そりゃあ、聞いたことないじゃろ。話そうとした人間は皆即刻、拙者に殺されるでござるからな」

侍が薄ら笑いを浮かべた。皮膚を削《そ》ぎ落とす剃刀《かみそり》のような酷薄な表情が、彼を本物の死神に見せる。

「いつの世でも死人に口なしじゃ。拙者は死神であるから、人を死なせるなど、朝飯前でござる」

朝飯前に殺された人間はせめて朝飯ぐらい食べたかっただろう。

「あんたは死にそうな人全員に余命を伝えているのか」

「世界で毎日何人死ぬか知らんのか。全員のところをまわれるわけがなかろう。椎也殿は特別でござる」

「特別？」

死神にＶＩＰ扱いをされる覚えはない。日曜日に教会へ行かないし、いかなる神も自分は信じていない。

「さきほど、猫を救ったじゃろう」

草むらの猫を見やる。椎也が置いた場所から少しも動いていない。

「善行を施した者には特別に余命を教えているでござる」死神侍が自慢げに語る。

「あんたが本当に死神侍だとして、二年後に俺はどういうふうに死ぬ？」

死ぬのは怖くないが、死に方は気になる。長く苦しい闘病の末に死ぬのはごめんだ。たくさんのチューブに繫《つな》がれ、痩せこけて亡くなった父の姿を思い出す。

「先のことは話せぬきまりじゃ。死因を知れば死なないようにおかしなことをしかねん」

「死因がわからなくても余命が短いと知った人間は病院で診察を受けたり、事故を回避しようとしたりして、余命が延びることがあるんじゃないか？」

「運命は太いゴムみたいなものでござる。引っ張ったり捩《よじ》ったりしても切れんし、手を離せば元の長さに戻る。椎也殿は余命を全うし無事に死ぬので安心しなされ」

無事に死ぬと言われて、「ああ、良かった」と安堵《あんど》できるか。

また大きな波音が響く。海面に乱反射した光が堤防から弾《はじ》け飛ぶ。

その光の中心に人が現れた。死神の次は天使か。眩《まばゆ》い方角へ手を翳《かざ》して顔を向ける。

堤防に立つ人はショートカットでミニスカートを穿《は》いている。彼女が天使だとしたら、ずいぶん現代的な天使だ。

「長い長い」堤防に立つ少女が腕を組んで言う。

ショートカットの彼女が着ている服のデザインは、自分が身につけている制服とそっくりだ。

「俺が？」

椎也は彼女を見上げる。潮風に吹かれたミニスカートが複雑な形に変化した。

「話が」

この子は自分と死神侍の会話を聞いていたのか。

「意外だ」

「意外？」

彼女が手を腰に当てて首を傾《かし》げる。

「幽霊みたいな訳のわからない者との会話は当人しか聞こえないものかと」

「拙者は幽霊ではござらん、死神でござる」

「この人はまだ初心者なんだから許してあげて、ミナモトさん」

「みなもとさん」

「死神さんのお名前」

「ミナモトさんとはお知り合いで？」

椎也は手のひらを上にして侍に向ける。

「あなたよりは少しだけ長く」

堤防から飛び降りると、彼女のスカートが一瞬ぱっと膨らんだ。

彼女がこちらへゆっくりと歩いてくる。同じ学校の制服を着ているが、会った覚えはない。少なくとも自分とはお知り合いじゃない。

「すまなかった、楓《かえで》殿。椎也殿が理屈っぽくてな」

死神侍が突然現れれば、いろいろ質問したくなるのは当然だろう。

「五月の日差しが一番焼けるのよ。PAフォープラスでも負けそう」

楓と呼ばれた少女が、腕に火照った熱を手で払う仕草をした。

「あんたも死神？」

言ってはみたが、彼女が死神には見えなかった。制服を着ているし、白いコンバースのスニーカーはちゃんと地に着いている。

「わたしも自分の余命を知っている。だから、あなたの同朋《どうほう》かな」

「あんたは何年？」バイト仲間に勤続年数を尋ねるみたいに椎也が言う。

「一年」

五月の煌《きら》めく太陽の下で、楓が人差し指を伸ばす。自分は二年だから、一年も余命が短い。彼女の健康的に見える体に死はまったく似合わない。

質問はまだあったが、自分にはやるべきことがある。この暑さだ。早くしないと。ミナモトと楓をおいて、椎也は踵《きびす》を返した。

猫が蹲る草むらの傍らに椎也はしゃがみ込む。

「その猫は？」近寄ってきた楓が尋ねる。

「椎也殿が救った猫でござる」椎也の代わりにミナモトが答える。

「猫ちゃん、よかったね」言いながら、楓が猫の首に触れるが、ぎょっとした顔をしてすぐに手を引っ込めた。「……冷たい」

「死んでいるから」

椎也は黒猫の頭を撫《な》でた。さきほどの温かみは消え、死を象徴する冷たさが手に伝わる。

「車に轢かれたの？」

「たぶん」

椎也はもう二度と動かない猫の姿を改めて見た。目立つ傷がないのに命だけが失われている。

「助けたんじゃなかったの？」

「俺が近づいたときには、すでに死んでいた。そこにダンプが走ってきたから、死体を逃した。もう一度轢かれたら、潰れてアスファルトの染みになっていたところだ」

猫を両手に乗せる。猫の死体は、失われた命の代わりに空気より重いなにかが注入されたみたいにずっしりとしていた。

「そのとおり。椎也殿がいなければ、猫の尊厳が失われるところじゃった。未来を予見できる死神が言うのだから間違いないでござる。自分の危険を顧みず、椎也殿は猫の死体を救ったのじゃ。余命を知る価値のあるあっぱれな振る舞いでござるよ」ミナモトが褒めてくれた。

「死体のために危険な真似《まね》をするのね」

「命を失ったからって、体がどうなってもいいわけではないだろ」

自分の遺体が路上に捨てられたら嫌だろう？と言おうとしたが、余命短い女子高校生には生々しすぎると自重した。

椎也は路傍の土を素手で掘りはじめた。楓も手伝うが、ミナモトは手を出さず、様子を見ている。

野生動物が掘り返せないほど深く掘り、穴の底に椎也は猫をそっと置く。しゃがんだ楓が隣で手を合わせ黙禱《もくとう》する。

椎也が土を被せると、たちまち猫の姿は地面に消えた。猫も猫の死もなかったかのように。自分も死ねば埋められ、いつかは土へと還《かえ》る。

『余命二年』

初めて椎也は自分の死が近づいていることを実感した。死神侍の言葉ではなく、永遠の眠りについた黒猫が教えてくれた。

「これで得心したじゃろ。其方の余命はあと二年じゃ。二年後に自分は死ぬ。しっかりと生きて、しっかりと死ぬのだ」

「この子は、あと一年」

強い日差しを浴びた楓の人差し指を椎也は思い出す。

「左様」ミナモトが頷く。

「あんた、長生きしたいのか？」

椎也は楓の顔を見る。

「そりゃあね」

当たり前でしょ、という顔を楓がした。長生きすることになんの憂いもないようだ。

「じゃあ、やるよ。俺の余命」

「えっ？　すぐに死んでもいいの？」

幽霊にでも会ったみたいに楓が驚く。

「長生きしてやりたいこともないし」

「失恋して世を儚《はかな》んでいる？」

「失礼だな。ふられてもいないし、借金があるわけでもない。生きていてもやりたいことがないだけだ。ミナモト、俺の余命をこの人に全部使ってくれ」

「そ、それはできないでござる。いきなり椎也殿が死んだら、状況が変わりすぎて拙者でも元の運命に戻せなくなる」ミナモトが動揺する。「数日ぐらいなら、お互いに余命を融通し合うことはできるのじゃが、運命が変わるほど大胆に余命をあげることはできん。願い事なら別じゃが」

「願い事？」

椎也が聞き返すと、楓が会話に割り込んできた。

「もうとっくに授業はじまっているけど、あなた、登校しないの？　不良なの？」

「あんただって。同じ高校だろ、不良少女」

楓が自分のスカート丈の長さを確かめる。

「わたしは学校へ行くわよ。短い余命を健康で過ごすために体育の授業で体を鍛えたいし。またね、ミナモトさん」

学校へ向かって楓が歩きはじめた。

椎也はため息をついて、楓の後を追う。

振り向くと、宙を浮く侍の姿は消えてなくなっていた、跡形もなく。本当に侍姿の死神なんて存在していたのだろうか。さっきまでは濃厚な現実だと思えたことが、今は幻影のように薄く感じる。きっと異常な暑さのせいだ。日差しの強さは凶暴さを増し、現実でさえも陽炎のように曖昧にする。

椎也は歩きながら手で顔を扇《あお》ぐ。

楓が立ち止まり、自動販売機でコーラを買った。缶の水滴から白い冷気が立ちのぼる。腰をそり、テレビCMみたいに人の購買意欲を煽《あお》るスタイルで楓が飲む。

「なんで缶？　ペットボトルのほうが量も多いし、キャップがあるから後でも飲める」

「冷淡な合理主義者の考えね。缶のほうが気持ちのいい冷たさがしっかり伝わる」

缶の口から唇を離さず、楓がこちらを横目で見ながら、一気に飲み干した。

「ちょっと待て。俺のは」

「なんで？」

楓が空き缶を片手に眉をひそめる。

「ひとりで飲むのは夢見が悪いだろう」

「一年で死んじゃうんだから夢のことまで気にしていられない。自分のお金で買えばいいじゃない」

「今日は財布を忘れた。奢《おご》ってくれ」

　こちらが手のひらを出すと、文無しだと言っているのに、料金を請求するみたいに楓もこちらに手のひらを突き出してきた。

「だから、金がない」

「三日」

「はあ？」

「余命を三日くれれば、コーラを買ってあげる」

　他人からもらってチャージができるのか。電子マネーかよ。

「じゃあ、いらね」

　コーラへの未練を断ち切り、椎也は歩きはじめた。

「さっきは余命を全部あげてもいいって言ったじゃない」

「全部はやるけど、少しやるのはもったいない」

「なにそのおかしな理屈。相当な偏屈ね」

「死神侍と知り合いの人間に言われたくない」椎也は楓を睨む。「さっきの話だが……」

　と言葉を続けようとすると、椎也をおいて堤防沿いの道を学校に向かって楓が走る。

「遅刻しちゃうから先に行く」

この時間に言う台詞じゃないと思いながら、走り去る楓の後ろ姿を椎也は見送った。走って学校へ行くほどの情熱を自分は持ち合わせていない。

椎也６８４日　楓３４６日

「政府が陰謀を仕掛けてくるぞ」

教室の席につこうとすると、机に新聞紙を広げて、しかめ面の晃弘《あきひろ》が椎也に話しかけてきた。

「なんだそれ？」

鞄《かばん》を置く間もなく、椎也は反射的に言葉を返す。

社会面の囲み記事を晃弘が指で叩く。

「連続空き巣事件が発生している」

「政府が国民の家へ空き巣に入るのか。国の財政難も極まれりだ」

椎也が茶化すと、なにもわかっていないな、という意味を込めた特大のため息を晃弘がつく。

「大きな陰謀を働く前に、国民の関心を別の事件に集めて視線をそらすのが政府の常道だ」

「それで空き巣？」

晃弘が新聞紙を椎也に押しつける。先月、首都圏で二件の連続空き巣事件が発生したと記事にある。そのうちの一軒はこの学校がある市内だ。空き巣ぐらいで新聞は記事にしないので、なにか特筆すべきことがあるはずだ。

「ハムスター？」

この空き巣事件が注目されているのは、どちらの事件現場にもハムスターのイラストが残されていたからのようだ。同じタッチで別ポーズをしたハムスターのイラストが現場で見つかったとあるが、肝心のハムスターの絵は紙面のどこにも載っていない。犯人を特定するために警察が非公開にしているのだろう。

「いかにも大衆が好みそうで、政府が国民の目を欺くのに格好のネタだろ」

現代の高校生で「大衆」なんて言葉を使うのは晃弘ぐらいだ。

「この事件を知らなかったのか？　新聞ぐらい毎日読めよ」

「ニュースはスマホで読む」

「おいおいおいおい。スマホは政府の罠《わな》だ。個人情報をがっつり抜かれるぞ。居場所も行動も政府にすべて筒抜けだ！」

興奮して大きくなった晃弘の声に気づいた同級生が、こちらを哀れみの目で見ながら、ひそひそ話をはじめる。晃弘は世界のあらゆる事象が政府の陰謀だと公言して憚《はばか》らない。芸能人の不倫が発覚すると裏で政府が暗躍していると警戒し、政治家のスキャンダルが露見すると「ガス抜きだ」と訳知り顔をする。

高校入学から一ヶ月で、晃弘の「やばい奴」という属性はクラスメイトに知れ渡っている。そんなやばい奴と話すのはこの教室で椎也だけだ。もっとも、椎也が学校で話す相手も晃弘しかいないのだが。

「今日は遅かったな。どうしたんだ？」

周りの視線などまったく気にしない晃弘が広げた新聞から顔を上げて、三時限目の後に登校した椎也に今更尋ねる。

「おまえは朝帰りの娘を叱《しか》る父親か。もう少し早く来るつもりだったが、ややこしいことに巻き込まれた。晃弘、楓という生徒を知らないか？」

「楓？　名字は？　何年生だ？」

「知らない。今朝初めて会った」

「かわいいのか？」

晃弘が真剣な表情をする。

「そんなんじゃない」

椎也は楓の姿を思い出す。ショートカットに小顔、ミニスカートの制服。

「俺が知るわけないだろ。俺に女のことを聞くほうが間違っている」

確かに。校内で晃弘が話したことがある女性は学食のおばちゃんだけだ。

「気になるなら、素性をちゃんと訊《き》いとけよ」

あまりに異常な状況だったので、あれこれ質問できないうちに、彼女は行ってしまった。今振り返ると、さきほど自分の身に起きたことが本当に現実なのか疑わしく思えてくる。

「近寄ってくる女には気をつけろ。政府のハニートラップかもしれないぞ」

朝の出来事を思い返していると、晃弘が真顔で忠告してくれた。


椎也にとって今日最初の授業は英会話だった。

「シイヤ、最近気になったことを教えて」

授業の終わり際に、ミネソタから来た外国人教師が英語で質問してきた。

最近気になったこと。断トツで今朝のことだが、日本語でも英語でも説明が難しい。たとえ、うまく話せたとしても、クラスで変人扱いされるのがオチだ。

「ハムスターが泥棒していることですかね」

英語で回答すると、「ハムスター？」と言いながら、外国人教師が大爆笑した。

「あの空き巣に入られた家の子がこの学年にいるらしいよ」

同級生が小声で話すのが聞こえた。被害者宅のひとつは、この学校と同じ市内にあると新聞にあったので、校内に関係者がいても不思議ではない。

教師が笑っている間に、チャイムが鳴り授業が終わった。

昼休み、晃弘と学食へ向かう。

「英語を勉強するなんてアメリカ帝国主義に屈するようなものだぞ」

学食で一番安いかけそばを食べながら、晃弘が警告してくる。

「金持ちになって、うどんに天ぷらを浮かべられるなら、大統領の靴でも舐《な》めるさ」

椎也はかけうどんをすする。

周りは三百八十円のA定食を食べている学生が多い。三百八十円を払えないわけではないが、大学進学のために無駄な金を使いたくない。とはいえ、一ヶ月の高校生活を経《へ》て、大学へ進学すべきなのかわからなくなってきているが。

「金持ちになるのは結構だが、まずは昼飯代を返せよ」

財布を忘れたので晃弘にうどん代を借りたのだった。

午後の授業は球技だった。男子はサッカーかバスケが選べた。梅雨前で自暴自棄になっている太陽を避けて、体育館にいられるバスケを椎也と晃弘は選択したが、これが大悪手だった。隣のクラスと合同授業だったので、同じ考えをした多くの生徒が集結し、高い気温と若者の体温が充満した体育館はサウナと化した。天井には、きれいなのか汚いのかわからない青春の汗がつくる雲が浮かんでいる。

「この暑さも政府の陰謀か？」

横でパス練習している晃弘をからかったつもりだったが、「ああ、そうだ。地球温暖化もアメリカ政府の策略だ。ドローンからシリコンを散布して……」と真顔で説明しはじめたので、会話をやめて椎也は練習に集中した。

あまりに暑いので頭がぼうっとして、朝見た死神も楓という女の子も自分が作り出した幻想に思えてくる。

授業の後半では実際にゲームを行うことになった。椎也と組む生徒は、みんな色白で細い体格をしている。超進学校であるこの高校でスポーツに勤《いそ》しんでいる者は少数派だ。せっかく難関校に合格したばかりなのに、高校一年生は大学受験のスタート地点だと思っている者も多い。それだといつまで経ってもゴールした余韻に浸れないと思うが。

怪我を恐れてボールを取りに来ない生徒の間を抜けて、あっさりとシュートを決める。味方へパスすると必ずお手玉するので、面倒くさいから自分でドリブルしてゴールする。

「椎也って、いい体してんな」

椎也のプレーを見て、同級生が呟《つぶや》く。ひょろひょろか、ぷよぷよな同級生が多い中、背が高い椎也の体格は目立つ。中学で習ったボクシングのおかげで、それなりに筋肉はついている。ボクシングをはじめたのは人を殴りたかったわけではなく、人を殴らないですむためだ。

五分が過ぎて、他の生徒と交替した。一面しかコートがないから、次々と交替しないと生徒全員が試合に出られない。

緑のネットに区切られた体育館の向こう半分では、女子がバレーボールをしている。こちらと同じく試合形式の練習のようだ。

前衛で構えている女の子に見覚えがある。

セッターがトスを上げると、全身がバネになったように彼女は高く跳び上がり、力いっぱいボールをアタックする。

誰も拾うことができず、ボールが相手コートに突き刺さった。試合を観戦している男女から歓声が上がる。彼女が笑顔で他の生徒とハイタッチをする。

間違いなく彼女だ。

余命一年の彼女だ。幻影でも白昼夢でも、ましてや幽霊でもなかったわけだ。

楓がアタックしたバレーボールがコートを勢いよく転がり、体育館を仕切る緑のネットで止まった。

他の女子と交替してコートから出た楓が手の甲で汗を拭《ぬぐ》いながら、こちらへ歩いてくる。

耳を露出させたショートカットに、髪型に合わせたような小さな顔。服装こそ異なるが、今朝会った女子に間違いない。隣のクラスにいたのか。入学して一ヶ月が過ぎているのに気づかなかったのは、周りのことに自分が興味を持っていないからだ。

体操服姿の楓は健康的な女子高生そのもので、余命一年にはとても見えない。

楓がボールを拾い上げ、ネットを挟んで椎也と向かい合う。

「バスケとバレーボールの最大の違いは？」

感動の再会には程遠い問題を楓が出してきた。

「なぜにクイズ？」

「合言葉みたいなものよ」

なぜ合言葉が必要かわからないし、合言葉はお互いが知らないと意味をなさない。

「バレーボールは内向的で、バスケは社交的。バレーは自分の陣地に相手を入れてくれないが、バスケは入れてくれる」

「面白い答え。正解はないから気にしないで」

いきなりクイズを出されたら、どんな意味があるか気になる。

「余命に関係があるのか」他の生徒に聞こえないように声を落として椎也は尋ねる。

ネットの先にいる楓は答えず、手にしたバレーボールを両手で弄《もてあそ》ぶ。

「六時に駅前の純喫茶カトレアで」

そう言うと、楓がこちらにパスをする。

反射的に避《よ》けるが、ボールはネットに阻まれて、こちらには届かず、床に落ちる。

足元に転がるボールを拾って、楓が同級生の輪に戻っていった。

純喫茶？　そんな店が現代に存在するのか？

驚くべきことに、都会から外れたこの街には「純喫茶カトレア」が生き残っていた。

駅前商店街の裏通りに、椎也は初めて足を踏み入れた。昔はキャバレーやスナックが軒を連ね賑《にぎ》わっていたようだが、今はこの喫茶店だけが営業している。

店のドアを開けると、カランコロン、とレトロな音がカウベルから響く。

カウンターにいたマスターが、いらっしゃい、と雰囲気に合わせた小声で挨拶をした。カウベルの音に負けず、店内もレトロ仕様だ。カウンターにはサイフォンが並び、テーブルにはルーレット式おみくじ器が置いてある。

他に客はいない。楓もいない。どの席に座ろうか思案していると、背後からカウベルの音が聞こえた。

「約束の時間前に来ているなんて感心ね」楓だった。

「人生が短いものでね」

椎也の軽口は年寄りの皮肉のように冴《さ》えず、楓は無視して、窓際の席につく。

メニューからふたりとも水出しコーヒーを注文する。黒いエプロン姿をした中年を過ぎたマスターが頷き、カウンターへ戻る。レトロな雰囲気に合わせて、マスターには髭《ひげ》を蓄えてほしかった。

髭なしのマスターが水出しコーヒーのグラスをふたつ、楓と椎也の前に置く。

「訊きたいことがたくさんある」マスターが去ったあとに椎也が口を開く。

でしょうね、といった顔つきで、楓がストローに口をつける。

「今朝、侍のコスプレをした男と話した記憶がある」

楓はすぐには答えず、ゆっくりとコーヒーを飲み、夕焼けに染まった曇りガラスの窓を眺める。

「あなたの記憶は、あなたのもの。誰も触れることはできない」

「そういうややこしい話じゃなく」

「余命二年」感情を入れることなく楓が椎也に淡々と告げる。

「それだ。コスプレ侍が……」

「ミナモトさん」

「そのミナモトがあと二年で俺が死ぬと言っていた。事実かどうか知りたい」

「今すぐ死んでも構わないと言っていなかった？」

「本当に死ぬのか確かめたい」

自分の鞄から取り出した書類の束を楓がテーブルに広げた。健康診断の結果だ。体重や血圧など標準的な検査だけではなく、Ｘ線、血液検査、尿検査、ＭＲＩの結果まである。普通の高校生が受ける検査ではない。

「高校生だったら、身長と体重、視力検査ぐらいでいいんじゃないか」

「余命がたっぷりあればね」

楓が残りのアイスコーヒーを飲み干す。

朝のミナモトの話が本当なら、余命はわかっても死因はわからない。若い高校生が早死にするなら、死因は難病か事故だろう（あるいは自殺）。

「癌《がん》細胞はなかったし、体内の臓器も健康そのもの。心臓も肺も腎臓も元気いっぱい」

「病気で死にたくないと」

「病気で死ぬなら余命が尽きる前に入院や治療をしないといけないから、限られた時間でやりたいことをするには工夫がいる」

「残りの人生でなにがしたいんだ？」

椎也の質問には答えず、楓がコーヒーのおかわりを髭なしマスターに頼む。

「どうしてこれを俺に見せた？　平均より優れた自分の身長と体重のバランスを自慢したいわけじゃないだろ」椎也が質問を変える。

「短い間によくチェックしたわね、さすが精力盛んな男子高校生。ミナモトさんに余命を教えてもらってから、限られた人生を過ごすために検査を受けて、わたしは準備を進めてきたの。それを伝えたかった。あなたも検査を受けたほうがいいよ。いつなんどきどうなるかわからない余命が短い人間の嗜《たしな》みよ」

「自分の余命なんて、よく信じられるな。明日のこともわからないのに」

高校に入学してからの一ヶ月は失望を重ねる日々だった。この高校なら知的で文化的な学校生活を送れるという期待は、勉強ばかりしている同級生によってあっさりと裏切られた。小説を読む生徒など誰ひとりいなかった。

「朝は余命を全部やるとかっこつけていたのに、いざ死ぬと思うと怖くなった？」

小悪魔的な顔を楓がする。彼女の表情はころころ変わってとらえどころがない。

「知っていても知らなくても、その時が来たら死ぬわけだから、いつ死ぬかわかったほうがいい。見えないゴールに向かって走り続けるほうがしんどい」

余命についての椎也の見解に反対なのか、楓が黙る。

傾いた夕陽が窓ガラスに乱反射して、鮮やかなオレンジ色がテーブルを照らす。

「このガラスかわいいね」

星空みたいな模様をした曇りガラスに楓が触れる。

「昭和型板ガラス。昔は普通の住宅にも使われていた」

「田舎のおじいちゃんの家にあったなあ。よく知ってるね、そんな言葉」

子供の頃、語彙《ごい》を増やそうと、本を読んで目についた言葉をノートに書き出したことがある。セロ、樹冠、通奏低音、雪渓、モース硬度、メメント・モリ。

おかわりの水出しコーヒーを髭なしマスターが持ってきた。

「楓ちゃんの彼氏かい？」相貌《そうぼう》とは似つかわしくない質問をマスターが投げる。

「彼氏じゃないな。相棒かな」

頷きながらマスターがカウンターへ戻る。今朝は同朋と言っていたのに、いつのまに相棒へクラスチェンジしたんだ。

「余命が短い仲間のあなたにお願いがある」

「いや、その前にまだ確かめたいことが……」

椎也の問いかけを無視して、楓が一方的に「お願い」を椎也に伝える。

「空き巣を捕まえてほしいの」

夕食は、鶏肉と蓮根《れんこん》の黒酢《くろず》炒《いた》めだった。母の料理はやたら酢が多い。

「酢は体にいいのよ」

またかという顔を椎也がすると、母の解説がすかさず入った。

「医者がそんなざっくりした健康管理でいいのかよ」

「医者といったって、専門外はそんなものよ。野球のピッチャーがバッティングもうまいとは限らないでしょ」

母は麻酔科医だ。手術の前に患者へ麻酔を処置するのが仕事だ。

大ぶりの鶏肉を母が黒ずんだ竹箸で上手に摘《つま》んで、前歯で嚙《か》み切る。

息子があと二年で死ぬと知ったら、母はどうするだろう。息子が病に倒れたら、三年前と同じように自ら治療に参加するのだろうか。清潔な手術室、多くの医者と看護師、眩い無影灯、息子の口に透明なマスクを近づける母。母の言いつけどおりに大きく息を吸う自分。徐々に意識がなくなり、暗闇に包まれる。三年前は手術後しばらくして覚醒《かくせい》したが、たぶん、今度は二度と目を醒《さ》まさない。

そこまで想像して、椎也ははっとした。死というものを、また少しだけリアルに感じられた。

「どうしたの？　食べないの？」

母が眼鏡の上から心配そうな目を向ける。

「大丈夫」

食欲はないが母を安心させるために、椎也は前歯を避けて鶏肉を奥歯で嚙み切る。

「前歯も使えるわよ。治療して随分経《た》つんだから」

四本の差し歯を入れてから二年以上が経つ。自分のものではない新しい歯はほとんど違和感がないし、不自由もない。だけど、差し歯を入れることになった事件の記憶が、今でも歯に挟まった食べかすのように残っていて、前歯を使うことを躊躇させる。

「高校はどうなの？」過去から話題をそらすように母が新たな質問をしてくる。

「普通」

「あなたの高校は普通の偏差値では入学できないけどね」

「勉強ができるヤギの牧場みたいだ。みんな大学受験のことしか考えていない」

「ふうん。まあ、あなたが普通に思えるなら、それでいいわ」

母の優しさに背を向け、椎也は食器を片付ける。母とふたり暮らしになってから食器洗いは椎也の仕事になった。洗剤をつけたスポンジで食器を洗いはじめる。

空き巣を捕まえてほしい。純喫茶カトレアで楓にそう頼まれた。彼女は真剣な表情をしていた。晃弘が言っていたハムスター空き巣の被害者宅が楓の家だったとは。犯人捜しなんかに興味はないと断って自分は店の席を立った。

母の竹箸を手に取って洗う。母が古い箸を使い続けているのは、亡くなった父との旅行で買った箸だからだ。

本当に自分が二年後に死んだら、もっとも影響を受け、もっとも悲しむのはひとり残される母だ。

椎也683日　楓345日

「またあったらしいぞ、ハムスター空き巣」

昼休みの教室で新聞の社会面を読みながら、晃弘が話しかけてくる。

『ハムスター犯、三件目の犯行。金銭目的か？』の見出しが躍る。ハムスターのイラストが犯行現場に残されていたからって、犯人扱いされるのはハムスターにとっては迷惑な話だ。

「自宅に大金を置く人が、まだいるんだな」

キャッシュレスの時代に、空き巣という犯罪が成立することに感心する。

「特大宝石や金の延べ棒が目当てかもしれないぞ」

「砂漠の盗賊じゃないんだから」

「事件が続くのは、政府が大規模な陰謀を企てているからだ。我々も注意しよう」

彼の言う「我々」には椎也も含まれているようだ。

「政府が国民の家にハムスターのイラストを置くわけないだろ」

「椎也はアンブレラマンを知っているか？」

「アンブレラマン？」

「ケネディが殺されたダラスのパレード会場で快晴なのに傘を持っていた男のことだ。観衆が撮影した写真にその姿が写っている。彼が暗殺の黒幕で傘を開いた瞬間に大統領が狙撃されたという説がある」

晃弘と話すようになったのは、ケネディ暗殺の真相を知っているか？　と入学式で晃弘が声を掛けてきたのがきっかけだ。初対面で大統領暗殺を話題にする人間は十中八九やばい奴だが、あまりに退屈な祝辞が延々と続くので、暇つぶしにケネディ暗殺についての自分の知識を披露したら、それ以来よく話すようになった。言うまでもないが、アメリカ政府の公式見解であるオズワルドの単独犯説を晃弘はまったく信じておらず、今でも真犯人が誰か探究を怠らない。

「だが、それも政府が流した噂《うわさ》だという説もある」

「ややこしいな。なんでそんな噂を流す必要がある？」

「嘘の情報をたくさん混ぜて、なにが真実かわからなくするんだ。ハムスター犯もアンブレラマンと同じ彼らの手口だ」

彼らが誰だかは聞かないでおく。

「陰謀と言えば、楓とはどうなった？」

晃弘が突然話題を変える。陰謀と言えば楓なのか？

「どうなったとは？」

「昨日の放課後、喫茶店で会っていただろ」

椎也は目を丸くする。

「なんで知っている」

「ハニートラップの可能性があるから、彼女をマークしていた。俺の諜報網《ちょうほうもう》を舐めてもらっては困る。現代戦では情報が一番の武器だ」

晃弘がほくそ笑む。

「おまえは一体なにと戦っているんだ」

確かに昨日彼女と喫茶店で会い、ハムスター空き巣犯を捜してくれと頼まれた。

スマホが振動したので、画面をチェックする。

「楓から連絡か？」

晃弘には「まさか」と言ったが、本当に楓からのメッセージだった。

楓の家は、海岸沿いにある学校から電車で十五分ほど離れた丘陵地の街にあった。

楓のメッセージには、空き巣が入った現場を見てほしいと書かれていた。無視しようと思ったが、余命について彼女と話したかった。一晩が過ぎて、気持ちが変化した。最初はやりたいこともないし、高校生活に絶望していたので、人生が終わることを深刻に捉えていなかったが、ひとり残される母を思い、考えが変わってきた。悔いなく母と過ごすには、今の余命はあまりに短い。

それでも自分には余命がまだ二年ある。その半分の余命しかない楓はどう思っているのか。彼女にも家族がいるはずだし、恋人もいるかもしれない。周りの人と一緒に短い余命を過ごしたくないのか。

貴重な時間を費やしてまで、空き巣犯を捜したい気持ちがわからない。もっとやるべきこと、やりたいことがあるだろう。将来に希望を持たない自分が言うのもなんだが。

彼女の真意が知りたくて、依頼を断らず、放課後、彼女の家へ向かった。

スマートフォンの地図を片手に駅前の坂を上ると、周りの景色がひらけた。街路樹が続く坂道沿いに大きな戸建ての家が並ぶ。

その中に楓の家があった。庭という余白が大きな家を囲っている。椎也の自宅とは雲泥の差があった。椎也の家も戸建てだが、庭は狭く、余白というより隙間《すきま》という感じだ。

自分が泥棒だったら、紛《まご》うことなく楓の家を選ぶ。

チャイムを鳴らすと、玄関ドアが開き、楓が出てきた。白いカットソーとジーンズ姿。一足早く彼女は帰宅していたようだ。

微《かす》かな笑みを浮かべて、楓が家の中へいざなう。

「親は？」

「まだ仕事」

楓は二階にある自分の部屋へ案内した。女の子の部屋に入るのは生まれて初めてだ。

白いチェスト、ローテーブル、シングルベッド、天井まで聳《そび》える本棚にはたくさんの本が詰まっている。彼女の属性は、バレーボールがうまいスポーツ大好きショートカット女子だけではなさそうだ。

楓が麦茶をトレイに載せて持ってきた。

「読書家なんだな。勝田敦《かったあつし》なんてマニアックな作家だ」

多くの本の中でひとりの著者名が目に留まる。

「勝田さんの本は全部読んだよ。昔から親は仕事で遅かったから、ずっとひとりで本を読んでいた」楓が応える。「ここに来てくれたってことは、一緒に空き巣犯を捜してくれるのよね」

楓がこちらを見る。真剣な表情だ。犯人捜しをしたいのは、ただの興味本位ではなさそうだ。

「余命一年しかないのに、そんなことをしていていいのか」

「一年しかないから、早く見つけたい」

「死ぬのが怖くないのか?」恥ずかしい愚問にも思えるが、聞いておきたかった。

「一晩経って、あなたは怖くなったの?」

いやみな顔をしていると思ったが、楓の表情はさっきと変わらず真顔のままだ。

「怖くはない。が、自分がいなくなったあとのことは考える」

「会社でも経営している? 青年実業家とか?」

「うちは母ひとり子ひとりだから。母を残して死ぬのは忍びない」

「わたしもひとりっ子。両親はいるけど、いつも遅くまで帰ってこない。そんな親だけど、残される親についてわたしも気になる。でも、本当に残されるのは、どっちなんだろうとも思う。娘が亡くなり残される親と、誰もいない場所にひとり残されるわたし」

片親だと告白させてしまったことに対して申し訳なさそうな顔をしつつ、自分の思いを楓が話す。「あなたは本当にやりたいことがないの？　あと二年しかないのよ」

「今まで体験していない初めてのことを試したいかな」

いつもの軽口のつもりだったが、口に出した直後にとんでもない失言だと気づいた。楓が目を丸くしている。親が不在の家。小さいテーブルを挟んで向かい合う今のところ健康的な高校生の男女。背後にはベッド。余命の話が飛び交う重たい雰囲気を変えるために言ったつもりだったが、この場では生々しすぎた。

「余命が短くても高校生男子が考えることは変わらないのね」

すぐに楓が大笑いしたので助かった。

「冗談だ」今更取り繕えるかどうかわからないが、とりあえず言っておいた。「短い余命をかけて、あんたがやりたいのが犯人捜しというわけか」

立ち上がった楓が本棚に近寄り、さっき話題にした勝田敦の書籍横のスペースを指差す。

「空き巣に遭ったあと、ここにあった封筒がなくなった」

「封筒にはなにが入っていたんだ？」

「言いたくない」

一緒に犯人を捜してほしいと頼んでおきながら、隠し事をするとは。でも、誰にでも人に知られたくない秘密はあるものだ、自分にもある。

「その封筒を取り返したくて犯人を捕まえたいのか?」

楓が頷く。

「素人の探偵ごっこで犯罪者が捕まるわけがない。警察に任せるべきだ」

「案外、常識人なのね」楓が嘆息する。

「コーラを独り占めする人間よりは」

棚の本を摑《つか》み、楓がこっちに投げるふりをするが、実際には投げてこない。本好きは本を乱暴に扱えない。勝田敦は痛い思いをしないで済んだ。

「少し余命をあげるから、協力してよ」

「余命一年しかない貧乏人から恵んでもらうほど落ちぶれていない。わかったよ、できる限り協力する」

ありがとう、と楓が小さく言う。

犯人が侵入した現場を見せたい、と楓が部屋を出る。

「隣の部屋は調べなくていいのか?」

楓の部屋の隣に同じ形のドアが並ぶ。

「ここは空き部屋だから犯人は入らなかった」楓が早口で答える。

ふたりで階段を下りる。

「ここの窓ガラスを特殊な工具で切って犯人は家の中に侵入した」

一階の広いリビングで、庭に面した掃き出し窓を楓が指差す。すでにガラスは入れ替えてあり、ぴかぴかで傷ひとつない。家主は空き巣に入られた不名誉な事実を一刻も早く消し去りたかったようだ。

リビングの外は庭になっていて、芝生が敷き詰めてあり、低木が何本か植わっている。金のかかった立派な余白だ。葉が生い茂っていて道路からリビングは見えないようになっている。プライバシーは保てるが、外部から人に見られずに侵入できそうだ。

「これだけの豪邸なのにセキュリティ会社と契約していなかったのか」

「うちの両親は、自分たちには最悪のことが起こらないと信じている人たちなの」

親たちが本当にそう信じていたとしても、自分たちより先に娘が亡くなる最悪の不幸が起きたら、考えを改めるに違いない。楓の冷たい言い方から察すると、彼女は自分の親を良く思っていないようだ。

「ガラスの穴からサッシの鍵を開けて、最初はリビング、次に父の書斎へ犯人は移動した」

「他になにか盗まれなかったのか。金の延べ棒とか」

「バカにしている？」

「まったく」椎也は両手を上げて、首を振る。

「父が言うには、なにも盗まれていないって」

「両親はなにをしている人？」

「父はテレビ局勤務で、母は画廊を経営している」

意外だ。楓の雰囲気からそんな華美な仕事をしている両親がいるとは思わなかった。ただこの豪華な家と両親の仕事は釣り合っている。ということは、この家で不釣り合いなのは楓だけということか。

椎也はリビングを見回す。コレクションを飾るのにうってつけに見える白い壁に絵画は一枚もない。絵の代わりなのか、額装されたレコードのジャケットが一枚飾られている。

「お母さんは絵が嫌いな画商？」

「母は自宅に絵を飾らない主義なの」

鑑賞することができない絵にどのような価値があるのか椎也にはよくわからない。読まれない小説に意味がないのと同様に、絵は観られることに価値があると思うが。

「どうして空き巣があんたの家を狙ったのか。自分が空き巣に入るなら下調べをして、金目のものがある家を探す。いざ家に侵入したが、盗むべきものがなにもなくて、子供部屋の封筒だけ持ち去るなんて、空き巣の沽券《こけん》に関わるんじゃないか」

「空き巣の沽券がどういうものかわからないけど、親が警察に嘘をついているのかも」

楓が眉をひそめる。他に盗まれたものがあるかもしれないのか。

「犯人がハムスターのイラストを残していったと新聞にはあったが」

楓が自分のスマートフォンを取り出して操作したのち、画面をこちらに向ける。ディスプレイには、ハムスターのイラストの写真があった。イラストをスマホのカメラで撮影したようだ。二本の歯が飛び出たハムスターは漫画かアニメのキャラクターだと思うが、椎也の記憶にない。白いしっかりとした用紙に黒いインクで元気よく描かれたハムスター。プロが描いた絵に見える。

「どうしてその写真を持っている？　新聞には掲載されていなかった」

「実物を自分で撮影したから」

「どうやって？」

「犯人が家に侵入したとき、わたしは家にいたから」

まるで医者が患者に余命を宣告するみたいに深刻な表情をして楓が言った。

楓の家を出た椎也は坂を下りて駅へ向かう。

短い余命という同じ運命を背負った楓が空き巣犯を捕まえようとしていた。

空き巣が自宅に侵入したとき、楓は二階の自分の部屋にいた。窓を開ける音がして、次にリビングから物音がした。その音は、どこか禍々《まがまが》しく彼女には感じられた。

ギシギシ軋《きし》む音が家の中を移動した。階段から一階をのぞくと、リビングを出た人影がこちらへ向かってきたので、楓は体を引いた。二階へ上ってくると思ったが、階段口でしばらく立ち止まったあと、影は父の書斎へ入った。

一階にいるのは空き巣犯だと楓は悟った。留守だと思って犯人は侵入したのだろう。犯人は必ず二階にも来る。もしも見つかったら、自分はなにをされるかわからない。

楓はトイレに隠れた。書斎を漁ったあと、楓の予想どおり、犯人はゆっくりと階段を上ってきた。確実に近づいてくる足音。廊下の突き当たりにあるトイレの前で犯人は立ち止まった。そのとき、楓は犯人の見えない視線を感じたそうだ。

犯人が、机や本棚を荒らす音が聞こえてきた。

『自分の体を触られているみたいでとっても気持ちが悪かった』

嫌な記憶を思い出し、楓が顔をしかめた。

物音がしなくなるまで楓はトイレで息を潜めていた。まばたきも憚られるぐらい、音を立てないようにじっとしていた。

犯人が階段を下りて、いかなる音がしなくなってからも、しばらくそのままの姿勢でトイレにいた。

楓は恐怖に震えながら、恐る恐るトイレから出た。ドアを開けたその先に刃物を握った犯人がいることを想像したが、幸い誰もいなかった。

犯人の代わりに、廊下の床にはハムスターのイラストが描かれた白い紙が落ちていた。スマートフォンでイラストの写真を撮って、警察に電話した。盗《と》られたものはないですか、と警官に聞かれて、楓は自分の部屋にあった封筒がなくなっていることに気づいていたが、報告しなかった。

『盗まれたものを自分の力で取り戻したい』

自分に怖い思いをさせた犯人と対峙《たいじ》するのは勇気がいる。それでも自ら犯人を捜したいと話す楓の目は真っ直《す》ぐ前を向いていた。

彼女の瞳を思い出しながら、椎也は坂の下にあった駅の改札を通り、ホームで電車を待った。

「楓殿の家へ行ってきたでござるな」背後から声が聞こえた。ござる。

「ミナモト」振り向くとホームのベンチに侍が座っていた。「現実だったんだ」

「椎也殿はまだ信じておらんかったのか」

「確認は常に大事だ」

椎也は手を伸ばし、着物の袖から出ているミナモトの手首に触れる。

「冷たっ！」

触れた瞬間に指先から冷気が伝わり慌てて手を引っ込める。氷やドライアイスの冷たさではなく、もっと根源的な、中心にあるものが喪失した、まさに死体のような冷たさが心臓まで届く。

周りの乗客が大声を上げた椎也に不審な顔を向ける。小さい侍がここにいるのに誰も騒いでいない。他の人には彼の姿が見えていないのか。

「拙者は死神でござる。冷たくない死神なぞ、温かい心太《ところてん》みたいなものじゃ」

ミナモトが当然だという顔をする。

「死神らしく、俺を線路に突き落としに来たのか？」他の人に気づかれないように椎也は小声で尋ねる。

「失敬な。死神を人殺しみたいに言うな。余命が尽きるまで、其方は死なぬ。椎也殿に伝えることがあるので今日は邪魔をした。善行を施した者には自分の余命がわかることの他に、もうひとつ特典があるでござる」

特典。ドラッグストアの会員みたいだ。短い余命が条件の会には入りたくないが。

「願い事がひとつ叶《かな》うでござる」

今度は願い事。妖精か、仏か。いや、死神侍か。願い事とは非現実的だが、余命を信じさせられた身には、そんなものもあるかな、ぐらいに思えてしまう。

「無論、いくら拙者でもなんでもかんでも叶えるわけにはいかんでござる。拙者は死神だから長生きしたいと言われても困ってしまう。床屋に髪を伸ばせと頼むようなものじゃ。さあさあ、願い事を決めてくれ。ひとつだけじゃぞ」

立ち上がり、ミナモトが迫ってくる。

「楓はなにを願い事にしたんだ？」

「楓殿か？　余命が短い人を探してほしいということじゃった。願いどおりに、椎也殿が見つかったというわけじゃ」

「どうして、そんなことに？」

せっかくの願い事を、そんなことに使うのが椎也には信じられなかった。

「孤独に死ぬよりも、秘密を誰かと共有したかったということでござる。余命のことは誰にも話せないからのう。誰かに話そうとしたら、不幸にも拙者に殺されてしまう」

自分に会うまで、余命のことを楓は誰にも話せず、ひとりで秘密を抱えていた。

「すると、余命が判明したのがおじいさんだったら、楓はその人と限りある生を慰め合ったのか」

「まあ、そういうことじゃゃな。運良く齢が近しい椎也殿が見つかったから、楓殿にはあの海岸で待ってもらっていたでござる」

こっちとしたらちっとも運良くない。

「ダウト」

「また、だうとでござるか」

「あんたは猫を助ける善行をしたから、余命を俺に教えたと言ったよな。だけど、俺が猫を救うかどうか予《あらかじ》めわかるわけがないから、事前に楓へ伝えることは不可能だ」

椎也が言い終わると、ミナモトが、ふふふと笑う。

「そんなことであればすぐに説明できるでござる。椎也殿は命とはなんだと心得ておるか？」

「哲学的だな」

十六歳の若い身空で命について深く考えたことはなかったが、あと二年で命が尽きるのだから、深く考えるべきなのだろう。だが、まだ昨日の今日だ。命について熟考するには時間がなさすぎる。

「命とはあれじゃ」

ミナモトが駅の柱を指差す。

「時計？」

柱に掛けられた丸い時計の内側では赤い秒針が休まず時を刻んでいる。

「生命はみんな時計を持っている。その者が息絶えれば、時計の針が止まる。これすなわち死じゃ。拙者は死を司る死神でござる。死を管理するということは、時間を管理しておるということじゃ。誰がどのように動くか、なにが起こるかすべてわかっておる。其方たちは今という点しか見ていないが、拙者には過去現在未来が面として見えている。江戸にある、赤くて立派な櫓《やぐら》はなんという名だったかな」

「東京タワー」

「そうじゃった。其方たちは東京タワーから江戸の街を見下ろすじゃろう。それと同じように、拙者は時と空間、民の運命を見ることができるでござる」誇らしげにミナモトが語る。「あの海岸に椎也殿が来るのは無論知っておったし、猫が現れるのもわかっておった。其方が死ぬことを知っておるのだから、明日のことがわかるのは当然至極」

「じゃあ、あんたは未来になにが起こるかすべてわかっているのか？」

「自分と自分に関わる未来はわからん。占い師が自分を占えないのと同じじゃ」

彼が見えている時間と世界は、人間とはまったく異なるようだ。

「死について理解したところで、死ぬ前に願い事を決めてくれ。さあ！　さあ！」

駅のホームでミナモトが迫ってくる。このまま押されたら線路に落ちて残り少ない余命を失いかねない。

「まだホールドで」

「また面妖《めんよう》な言葉を使うでござるな」

ミナモトが首を傾げた。

椎也658日　楓320日

太陽が一息つくように梅雨入りし、霧雨が連日降り続いた。

晃弘の新聞を読む限り、連続空き巣犯の捜査は証拠が乏しく、進展はないようだ。楓と犯人を捜すことを承諾はしたが、方法が思いつかない。ハムスターのイラストを見せてまわって、「あなたが描きましたか？」と尋ねるわけにもいかない。楓の家のあとに一件の犯行があっただけで、犯人も太陽とともに小休止しているようだ。

その間も、一雨毎《ごと》に自分の寿命は確実に減り、死に近づいているはずだが、体調は変わりない。「順調」なら、自分の余命が尽きるのは高校三年生の四月。同級生が次のスタート地点である大学入学に向かって受験勉強に励んでいる頃だ。彼らは同級生がひとりいなくなっても気がつかないかもしれない。

余命が一年短い楓が亡くなるのは高二の四月だ。残り一年を切ると時間の重みが変わる気がする。人生最後の夏、人生最後の梅雨、人生最後の六月十三日。大切なものを盗まれたから、楓は犯人を捕まえたいと言っていた。それがなにか知らないが、残り短い人生で解決したいなら協力したいと思う。


午後の授業は現代文。今日は生徒に創作をしてもらうと、冒頭で教師が宣言した。

創作なんてできない、受験に関係ない、などと高偏差値の学生の口からすぐにブーイングが上がったが、クラス担任でもある明石《あかし》先生は細い指で持ったチョークで、人の形の図を黒板に書き、その横にまるで双子の兄弟のように創作という文字を並べた。

「ゼロから生み出すのではなく、今ある自分を少し動かして表現すればいいのです。それが創作です」と先生が説いた。

明石先生は三十代後半の女性。大人の雰囲気を身に纏《まと》い、さっぱりした話し方をする彼女は、生徒に人気がある。

先生が原稿用紙を配りはじめる。

「今日の授業はこれだけです。ひとり三枚配りますが、もっと必要な人がいたら、取りに来てください」

創作なら、短歌でも小説でも詩でもいいそうだ。

不満を言いながらも、通常の授業よりは興味が持てるようで、多くの生徒が原稿用紙に向かっている。通常の現代文の授業だと論文や小説を読んで、著者の意図や登場人物の内心を考察する。本棚に檸檬《れもん》を置いて逃げる主人公の気持ちなんて、みんな考えたくないのだ。

目の前に置かれた原稿用紙を椎也は眺める。四百の空白は書きはじめてしまえば、すぐに埋めることができる。昔は一日二千字を書くのを目標としていた椎也にはわけもないことだ。ただ、それは書きたいことがあればの話だ。今は書きたいことがなにも浮かんでこない。自分の中にあった物語の泉は涸《か》れ果ててしまっている。

でも、なにかを書きたい気持ちは心の底にわずかな水たまりとして残っている。真っ白な原稿用紙を見つめていると、以前の創作意欲が湧いてくる気がする。

椎也は鉛筆を手に取り、原稿用紙に文字を書こうとする。

その瞬間、視界にギザギザとした歯車のような光が現れる。強くまばたきをしても歯車は消えず、目の前にある原稿用紙を遮る。光の歯車はどんどん増えていき、視界を覆う。

頭の中で痛みが生じる。光の歯車が見えたあとは激しい頭痛が必ず起こる。痛みの信号は増幅されて脳に響く。闇から伸びてきた拳が左右から頭をコンコンとノックし続けているみたいだ。

椎也は鉛筆を置き、両手で頭を抱える。鉛筆が机を転がり床に落ちる。

やはり書けない。

「大丈夫？」明石先生が横に立って鉛筆を拾う。

「保健室へ行きます……」

頭を押さえながら、椎也は立ち上がる。周りの生徒が一斉に椎也を見上げる。

「付き添おうか？」

明石先生の優しさを手で断って、教室を出る。

誰もいない廊下の空気を吸うと、頭痛が少し治まった気もするが、本当に効果があったのは原稿用紙から離れたことだと自覚している。

帰りのホームルームが終わると、国語準備室へ来るように明石先生から言われた。適当な言い訳をして帰ることもできたが、母親に連絡されると面倒なので、素直に従う。

国語準備室は四方を大きな本棚に囲まれていた。本棚には著名な作家の作品や文学論が並び、古びた紙の匂いがする。

文豪たちが残した名作に囲まれて座る明石先生が急須でお茶を淹《い》れていた。

「舌頭《ぜっとう》へぽたりと載せて、清いものが四方へ散れば咽喉《のど》へ下るべき液はほとんどない」

湯呑《ゆのみ》に落ちる、青みがかった緑色の茶を見つめながら、明石先生が諳《そら》んじる。

「玉露」椎也は呟く。

「さすがね」

明石先生が湯呑を椎也の前に差し出す。

さっき先生が諳んじたのは夏目《なつめ》漱石《そうせき》著『草枕《くさまくら》』の一節だ。

「俺になにか用ですか？」

「まあまあ、せっかくの玉露をまずは愉《たの》しんで」

明石先生がお茶を勧める。湯呑に口をつけると、上質な玉露の薫りが口中に広がり、霧が晴れる直前に漂う空気のような爽快さが全身を包む。

明石先生の机には原稿用紙の束が置かれていた。

「多種多様で面白いわよ」椎也の視線に気づき、明石先生が原稿用紙に触れる。授業で生徒が書いた作品のようだ。「晃弘君が書いた詩なんて、愛惜の心が詰まっていて素晴らしいわ」

陰謀論者の晃弘が詩を書くとは。人間は奥深い。死ぬのがちょっと惜しくなってくる。

「頭痛はよく起こるの？」

椎也は首を振る。

ふたりの間に沈黙が降り、外から伝わる雨音が大きくなった。

「事件の影響？」

直接的な言葉を先生がぶつけてきた。中学の担任か母親から三年前椎也に起きたことを先生は聞いていたようだ。

「そうだと思いますが、日常生活に不自由はしていません」自分の感情に触れないように椎也は淡々と答える。

「小説はもう書いていないの？」

「書いていません」

「全国中高生小説コンクール最優秀賞をもらったのに」

明石先生が古びた栄誉を持ち出す。中学の時に初めて書いた小説を投稿してもらった賞だ。

「昔の話ですよ。偶然です」力なく椎也は笑った。

「十六歳に昔の話だと言われてもねえ。史上最年少での受賞は偶然じゃないと思うけど」明石先生が微笑《ほほえ》む。

「二度と書こうとは思っていませんから」自分に言い聞かせるように椎也は言う。

「創作は宿題にしておく。無理しないでいいから、できあがったら持ってきて」

そう言うと、明石先生が笑みを深めた。

椎也633日　楓295日

太陽が気を利かせたのか、試験最終日にようやく梅雨が明けた。最後の試験科目を終わらせると、誰よりも早く椎也は教室を出た。

久々の晴れ間は、楓と死神に出会った日を椎也に思い出させた。校門を出て、ひとりで堤防へ向かう。雨雲の背後で力を蓄えていた太陽は二ヶ月前よりも輝きを増していた。

堤防沿いの道。黒い猫を埋めた土からは、すでに何本かの名もなき草が生えていた。

相変わらず人は歩いておらず、車も走っていない。

長年の風雨に晒《さら》されたコンクリートの堤防を見上げる。あの日、あそこから楓が現れた。

勢いをつけて堤防を駆け登ると、その先には砂浜と海が広がっていた。青い海、青い空、白い雲、白い砂。椎也は砂浜に降り立つ。革靴と靴下を脱ぎ、制服が汚れるのを気にせず白い砂に腰をつき、寝転んだ。背中から砂の熱が伝わる。

明日からは試験休みだ。制服を着る機会は夏休み前の終業式しかないし、なんならさぼってもいい。一ヶ月あまりの休暇のための式典など無意味だ。誰も望まなくてもまたはじまるのだから。人生だったらそうはいかない。一度終了した人生は二度とはじまらない。

椎也は目を閉じる。瞼《まぶた》に強烈な熱と光を感じ、赤く映るものは瞼に透ける自分の血と太陽の光が混じったものだと思う。太陽の余命は五十億年だ。それだけ長生きできれば悔いはないだろう。「悔いのない人生を送ろう」とよく言うけど、あと二年で死ぬ自分はなにをしたら悔いがないのだろう。「悔い」とは「したいことをしないまま終わる」

ことだ。したいことがなければ、悔いも残らない。網膜の毛細血管が原稿用紙の升目のように見えた気がした。

瞼に感じていた熱が突然消え、自分の体が少し早く冷たくなったのかと思ったが、目はまだ開いた。雲が太陽を隠したのでもなく、太陽と自分の間に人の影が差していた。

赤い霧が薄れ、焦点が合うと下を向く楓の姿があった。短く揃《そろ》った横髪が断頭台の鋭い刃のようにこちらへ垂れている。

「こんにちは」

もう一度目を閉じてしまおうと思ったが、どうして、ここがわかった？　と椎也は楓に尋ねる。

「死神に余命を宣告された者は、同じ境遇の人の居場所がわかる」

「なんだ、そのストーカーが喜びそうな機能は」

「居場所がわかるのは余命を告知された人だけだから、好きな子の住所はわからないよ」

「その力はミナモトが教えてくれたのか」

「そう、あなたも使える」

「どうしてここへ来た？」

「ここはふたりが出会った思い出の場所でしょ」制服姿の楓が笑顔で言う。

「良い思い出じゃない。自分の短い余命を知らされたんだから」

椎也は目の前の女子を改めて見る。煌めく陽光を浴びて立つ制服姿の楓は健康そのものので、あと一年足らずで死ぬようにはとても見えないが、あの日、彼女は人差し指を一本伸ばして、自分の余命を表した。

制服が砂で汚れるのも気にせず、椎也の横に楓が横たわる。肩が触れるほど近い。上も下も暑っ、と楓が呟く。

「あんたは本当にあと一年で死ぬのか？」

「たぶん。でも、悪いことばかりじゃない。普通の人はいつ死ぬかわからないけど、明日も明後日もわたしたちは絶対に死なないと知っている」

余命が決まっているということは、それまでの間は死なないということか。でも、本当にそうなのか。死神が想定していないことが起きても運命は変わらないのか。

自分は死神に運命を握られている。本当は自分だけじゃない。すべての人間が運命を支配されているが、多くの人間はそのことを知らない。知らなければ気にならないが、知ってしまえば自分の人生が他人の手中にあるようで面白くない。

生まれたての波が激しく崩れる音が轟《とどろ》く。

椎也は立ち上がり、海に向かって歩き出す。

「どこへ行くの？」

背後から楓が声を掛けてくるが、無視して進む。熱を蓄えた砂を踏むと足の裏が焦げるように熱い。その痛みを甘受しつつ、椎也は海に向かう。

裸のつま先が波の先に触れる。太陽の熱が溶けた海水が生ぬるい。引き波に浚《さら》われて、踵《かかと》の下で砂が消える。

大地が動く奇妙な感触を味わいながら、椎也は沖へと進む。

高波が来て、制服のズボンが濡《ぬ》れると、持ち上げる足が途端に重くなる。濡れた衣服を着ているとこんなに動きづらいのか。

「ちょっと！　どうする気？」楓の声。

海水が心臓を浸すと暑さは和らぎ、代わりに得体の知れない不安が体内に注がれる。

「大丈夫なの？」楓の声が遠くに聞こえる。

振り返ると、思ったよりも離れた岸辺で膝まで海水に浸《つ》かった楓が立っている。

手を使って体を沖へ進めようとすると、海底に足がつかなくなる。足をばたつかせようとするが、海水をたっぷり含んだズボンは海の底から誰かが引っ張っているように重く、思うように足が動かない。

首を伸ばし海面からなんとか顔を出すが、波が来て頭から水を被る。久しぶりの海水の味は、喉が焼けるほどに塩辛い。永遠に繰り返す波の揺動に呑まれ、海水を飲み、吐く。自分のものと思えないほど重い腕をなんとか広げる。

遠くの岸で、楓が泣くように叫んでいる。

背後を大きな波が襲い、椎也は海水に没する。光の粒子が混じる水の中で無数に立つ海の泡に包まれる。吐いた息の代わりに海水が口へ入り込む。波に押されて体勢が裏返り、海底が闇をのぞかせる。体を押し潰すような分厚い水の音を聞き、椎也は目を閉じる。

「どういうつもり？　死ぬ気だったの⁉」

波打ち際に転がる椎也の横に座り、楓がなじる。

海水をたっぷり含んだ制服が体から剝《は》がれた皮膚みたいに垂れている。楓もスカートまで濡らし、砂にまみれている。声を出そうとすると塩にやられた喉が痛い。

「余命を試した」椎也は嗄《しゃが》れた声を出す。

余命が決まっているということは、それまでは死なないはずだ。

「呆《あき》れた」

「今死んでも、二年足らずの余命がゼロになるだけだ」

海に没して濡れた服が体の自由を奪った瞬間は死を覚悟したが、すべての力を抜くと、体が勝手に浮上した。椎也は岸に向かって、手足を全力で動かした。死のうと思えば死ねたのかもしれない。だけど、自ら死に向かうのは不自然だと感じ、体の底から力が湧いてきた、生きようとする力が椎也を楓がいる岸へと向かわせた。

「運命は変わらないようだ、悔しいけど」

椎也は二重の意味を込めた。余命が尽きるまで死なないという意味と、余命が尽きたら確実に死ぬという意味だ。

濡れた服が気持ち悪く、ワイシャツとTシャツを脱いで上半身だけ裸になる。

「背中……」

忘れていた。裸の背中を楓に見られてしまった。

「中学の時に怪我をした痕だ」

「痕って、背中に穴があいてるし、腰には酷《ひど》い傷痕《きずあと》が……」

椎也の背中を指差して、楓が動揺した声を出す。

「中学の時に大怪我をした。腰の骨を折って片方の腎臓を失った。背中の傷は折れた骨を固定するためのプレートを入れた痕だ」古傷を避けるように椎也は慎重に語る。

事件の真相を黙っているだけで、嘘は言っていない。

「運動して大丈夫なの？」

「完治しているから、日常生活に支障はない。もちろん命にも」

少なくとも今のところは。

「命拾いをしたわね。せっかく拾った命でやりたいことは本当にないの？」

楓の質問に椎也は黙る。執筆という言葉が頭に浮かぶ。口に出そうとしたが、言葉は楓へ届く前に頭痛の記憶に遮られてしまった。

椎也は梅雨明けの青空を見上げるしかなかった。

椎也605日　楓267日

「プールへ調査に行くぞ」

終業式の後、夏休みがはじまる解放感が渦巻く教室で晃弘が誘ってきた。

「半魚人でも捜索するのか」

陰謀論がメインの晃弘の思考に慣れてきた。一学期を共に過ごした貴重な成果だ。

「なにを言ってるんだ、半魚人なんているわけないだろ。空想上の怪物だ。暑さでいかれたか？」

意外とまともだった。

「探査機が撮影した惑星の映像がよく公開されるだろ。あれはプールで撮影しているんだ」

前言撤回。

「そんなことを本当に信じているのか」椎也は呆れた声を出す。

「信じていないから、本当に撮影が可能なのか実際にプールへ行って調べるんだ。だが、おまえとふたりでは人手が足りないな」

「他の男子に声を掛けるか」

「いやいや、あの女子にしよう。おまえにハニートラップを仕掛けた」

なるほど。晃弘の目的は楓か。惑星の調査云々《うんぬん》は、女子とプールへ行くために晃弘なりに必死で考えた口実なのだろう。水中に惑星の模型を沈めてフェイク映像を撮影できるな、とぶつぶつ呟く晃弘を眺めていると、陰謀論一点張りのこの男が色気づいたことに微笑ましくなる。

楓とは海辺で別れて以来会っていない。

「女子をプールへ誘うのはハードルが高いぞ」

周りの女子に聞こえないように小声で椎也が忠告するが、まるで子犬が飼い主に縋《すが》るような目で晃弘がこちらを見ている。

「わかったよ、連絡してみる」

メッセージを送ると、楓からすぐに承諾の返信が来た。晃弘と楓で話し合わせようとしたが、晃弘の妄想癖がばれて、出かける前にふられるのもかわいそうなので、椎也が楓とやりとりした。

三人の予定を調整したら、八月に入ってしまった。場所は県内のレジャープール施設。

「こんにちは」

待ち合わせ場所である最寄りの駅へ到着すると、見たことのない女の子が楓の隣にいた。黒いロングヘアー、白いサマードレス、かわいいというよりは美人と言われた回数が多そうな女の子だ。なぜか、やたら荷物が多い。連れがいるとは聞いていないが。

「小学校からの親友の紬《つむぎ》。今は別の高校に通っている」

「はじめまして」上品なデザートのような笑みを紬が浮かべる。

「ぼ、僕は晃弘と申します。楓さんのご学友です！」

同行者の存在を黙っていたことに椎也が文句をつけるよりも早く、晃弘が力いっぱい挨拶した。この前は楓を誘えと言っていたのに、現金な奴だ。

男女で分かれて、更衣室へ入る。晃弘はさっさと水着に着替えて、そそくさとプールサイドへ出ていった。椎也も海水パンツに穿き替えて、背中の傷を隠すためにナイロン製のラッシュガードを着る。

女子更衣室から楓と紬が出てきた。ふたりともセパレートタイプの水着で、トップがノースリーブになっている。楓は水色、紬は白だ。女の子の水着姿というだけで穏やかではないが、特に知り合いだと見てはいけない背徳感が増す。

隣でぼうっとしている晃弘を椎也が肘で突《つつ》く。

「あ、それでは皆様で流れるプールを回遊しましょう。浮き輪とビーチボールは用意してあります」

持ってきた大型の浮き輪を晃弘が掲げる。

惑星の写真をプールで撮影できるか実験するんじゃなかったのか、と口を挟む椎也を晃弘が恐ろしい形相で睨む。

大きな楕円《だえん》形を描く流れるプールに四人で入る。ビーチボールを投げ合ったり、浮き輪に乗った紬を引っ張ったりして、晃弘が楽しそうでよかった。

なにか大きなものが水に落ちる音がした。目を向けると、中学生くらいの男子が次々と流れるプールに飛び込んでいた。

「あぶねえな、あれ」周りにいた男が苦情を言う。

台に座る監視員がホイッスルを吹いて、丸刈りの男子たちに注意する。迷惑行為は感心しないが、余命のことなど気にせず元気な彼らが少し羨《うらや》ましくも思える。

「魚沼《うおぬま》産のコシヒカリに有明海《ありあけかい》で穫《と》れた海苔《のり》を巻いたおにぎり、那須《なす》高原《こうげん》で自然に育った豚の挽肉《ひきにく》だけを使った自家製のウィンナー、有精卵に和三盆を少し加えた卵焼き、皮から作ったシュウマイ、地鶏の唐揚げ……」

黄色いパラソル下のテーブルにクーラーボックスから取り出した重箱を広げて、紬が料理の解説をする。

「全部自分で作ったのですか?」

並べられた重箱を指差し、晃弘が驚愕《きょうがく》する。

「はい。朝四時に起きて作りました」

「紬はおいしい食べ物が好きなんだよね」楓が言った。

晃弘が夢中で料理を頬張《ほおば》る。

「このおにぎりもおいしいですね」

「無農薬米です」

無農薬農法は人間よりも虫に食べさせるためのもので食糧危機を意図的に起こしたい政府の陰謀だと、以前晃弘が講釈をたれていた。場の雰囲気を壊すようなことを言わなければいいがと心配していると、

「だからー、大地の味がしっかりしますよね。最高です」

おにぎりを両手に掲げて、晃弘が紬の料理を絶賛する。キャラが変わっている。

「最高というのは、具体的にどこが最高なのですか？」

穏やかだった紬が厳しい顔で突っ込む。

「あ、え、お、握り具合が抜群です。ふっくらとして、それでいておにぎりのアイデンティティである三角形を頑《かたく》なに維持していて……」

なんだ、おにぎりのアイデンティティというのは。ただ、紬の弁当は確かにうまい。

「あんたは料理しないのか？」椎也は楓を向く。

「あんたはしないの？」楓がにやりとして、ウィンナーを口に放り込む。女子は料理をするものだという偏見を口にした椎也を揶揄《やゆ》したのだ。

「料理ぐらいできるさ」

「ぐらい？」紬が顔をしかめる。

「失礼だぞ、椎也。紬さんの料理は芸術だ、アートだ、ミケランジェロだ」

なんだ、この集中砲火は。晃弘のためを思い、お膳立てしてプールまで来てやったのに。

「まあまあ、椎也くんも反省しているから許してあげよう」
楓が場をとりなすが、なにを反省したらよいか本人はわかっていない。が、あえて反論はしない。快晴の空、黄色いパラソル、うまい弁当、少し前までは名前も知らなかった人たちと笑っていられるのは悪い気がしない、たとえ余命が短いことが縁だとしても。

昼食後も、紬が淹れた焙《ほう》じ茶《ちゃ》を飲みながら、紬お手製の薄皮饅頭《まんじゅう》を食べて、晃弘が感想を詳細に述べていた。

あと一年で親友の楓が亡くなることを紬は知っているのだろうか、とふと思う。知らないはずだ。余命のことを他人に話そうとしたら即座に殺すと死神が言っていた。晃弘たちから離れるために、ゴムボートを借りる。みんなといるのも悪くないが、ひとりのほうがやはり落ち着く。流れるプールに浮かべたボートの上に椎也は寝転がる。目を瞑《つむ》ると、周りの喧騒《けんそう》が一際強調される。昼寝しようと思ったが、水面は常に揺れていて、落ち着かない。日差しが強く、日焼けしそうだがどうでもいい。日光を浴びすぎると年を取ってから皮膚癌になるというが、そんな年まで自分が生きることはない。

こうしてプールを流れている間も、自分の余命は少しずつ刻まれている。余命がテープのようなものだとすれば、時計の針が動く度にひとつずつ穴が開けられていく。穴を開けるテープがなくなれば、自分は事切れる。それなのに、こんなことをしていていいのか。晃弘のように青春を謳歌《おうか》する時間が自分にはない。

残された余命を使い、なにがしたいのか。創作の授業で原稿用紙と久々に対峙して感じた昂《たかぶ》りとその後の頭痛を思い出す。

突然、ボートが揺れた。慌てて体を起こすと、楓が転がるように乗ってきた。

「狭いって」

「これふたり乗り。狭いなら体が大きすぎるあなたの問題」

楓がすらりと長い脚を伸ばす。体が触れないように椎也は端へ寄る。すでに穏やかではない自分の欲望が暴発したら大ごとだ。

「あんたの友人を晃弘が狙っているぞ」

「いいんじゃない、未来ある若者同士。紬は自分の料理を食べて批評してくれる人が好きだから。晃弘くん、いい人じゃん」

「悪い奴じゃない、少なくとも」

晃弘は陰謀論を吐くことはあっても、人を裏切ったり、他人から大事なものを無理やり奪ったりするような人間ではない。

楓の水着姿を見ないように、彼女の顔を見る。ボートの揺れを楽しんでいるようだ。彼女を見ていると、周りのざわめきがすっと消える気がする。

「水上からの景色は地上と違って見えるね」

ボートのへりに楓が手をつき、身を乗り出す。

「おい、揺れる揺れる」

椎也は両手でボートを押さえる。

「揺れている景色ってよくない？」

楓がこちらを向く。

「揺れているのは景色ではなく、俺たちだ」

プールサイドで休憩している人たちは座っているのにまるで残像のようにゆっくり動いて見える。向こう岸の音は聞こえてこないし、こちら側の声も届いていないだろう。上空からのぞくと、このボートだけが別の世界を漂っているように見えるかもしれない。

他人と同じ状況にあることを英語で「同じボートに乗っている」と表現する。「僕たちは同じボートに乗っているから、協力しよう」みたいに。同じ境遇である椎也と楓はまさに同じボートに乗って水面を流れている。

余命短いふたりが乗る一艘《いっそう》の舟。流れ着く先は天国か地獄か。そのどちらも椎也は信じていないが、では自分たちはこの先どこへ漂着するのか。永遠の暗闇？　虚無？　そんな寂しい世界も信じたくない。だから、昔の人はありもしない極楽を必死に信じようとしたのだ。

一際大きな声がプールサイドから響く。さっきの丸刈り男子たちが、ありあまる欲望を糧に走り回っている。

そして次々とプールに飛び込んできた。坊主頭がミサイルのように水面で爆発する。

目測がずれたのか、見えなかったのか、ひとりの坊主頭がこちらのボートの方角へ走り込んできて、プールサイドで高く跳び上がる。太陽光に照らされた男子の体がボートに落ちてくる。

「危ない！」

椎也は楓を守ろうと彼女の体を覆う。男子の肘がぶつかる衝撃が背中を貫く。その痛みは椎也に中学時代の忌まわしい過去を思い起こさせる。古傷が再発すれば、今度こそ歩けなくなる。

「痛っ……」

呻《うめ》いたのは椎也ではなく、楓だった。見ると、椎也の体からはみ出た楓の腕に男子の尖《とが》った膝が直撃していた。

背中に乗っていた男子を椎也はプールへ弾き飛ばす。

「大丈夫か」

椎也は楓の腕をさする。

「大丈夫……だけど、痛い」

楓が顔をしかめる。

揺れるボートの上から監視員に向かって、椎也は叫ぶ。

椎也603日　楓265日

「人生最後の夏休み終了のお知らせ」

そう言いながら、プールの事故から二日後の病室で楓が椎也に診断書を見せる。橈骨《とうこつ》骨折。楓の腕の骨は折れていた。来週に手術を行い、折れた箇所をボルトで固定するとある。

「手術の先輩に尋ねるけど、全身麻酔はどんな感じ？」

病室のベッドで横たわった楓が吊《つ》るされた自分の腕を見る。白い包帯が痛々しい。

「麻酔を吸ったらすぐに眠れるのでなにも考えなくていい」

三年前に吸入麻酔薬が充満したマスクを近づけてきた母の心配そうな目を思い出す。

プールで男子の膝が楓の腕を直撃し、少年の体重に耐えきれず、楓の骨は折れてしまった。監視員がボートをプールサイドに運んでくれる間、椎也は楓の手がぶつからないように彼女の体を支えていた。

楓は救急車で近くの病院へ運び込まれた。椎也たちは服に着替えて、すぐに病院へ向かった。紬が楓の両親に電話してくれたが、母親はパリで絵の買い付けをしていて、父親は沖縄でゴルフをしていた。高校生の娘をひとりにしても罪ではないが、間が悪かった。両親は留守がちのようだから、間の良いときがあるのか疑わしいが。

女友達である紬を残して、椎也と晃弘はその日は帰った。晃弘は食べ過ぎで動けないと言うので、今日、椎也はひとりで見舞いに来た。

「ボルトが入っていても飛行機に乗れるの？」

「ボルトぐらいの金属では空港の金属探知機はほとんど反応しない。心配なら病院で証明書を出してもらえる」以前に母が教えてくれた情報を伝える。

「火葬場で焼かれたら、ボルトは残るのかな」ベッドで横になっている楓が呟く。

「余命短いアピールがうざい」病室の丸椅子に座り、椎也はわざと乱暴に言う。

「いいじゃん。他の人には言えないんだから。他の人に話したらミナモトさんに殺されちゃう」

「親はここに来たのか？」

「父さんは昨日来たけど、今日は仕事が忙しいって。母さんはパリからまだ戻っていない」

「遠くてもパリも同じ惑星にあるんだから一日あれば帰国できるだろ」

と言ってしまって後悔した。戻ってこられるのに、ここにいないのは、娘の看病よりも仕事を優先したからだ。芸術家というのは芸術のためなら非情なことをしかねない人々だと理解しているが、芸術に携わる画商も同じ精神の持ち主なのか。

「平気、紬もあなたも来てくれたし」楓が力なく笑った。

「すまなかった」椎也は頭を下げる。

「なんであなたが謝るの？」

「近くにいたのに、守れなかった」

プールでの事故以来、椎也は楓に申し訳ない気持ちを抱いていた。彼女の体をきちんと覆っていれば、楓が骨折することはなかった。貴重な余命なのに、病室で過ごさせることになってしまった。

「あのとき、あなたはわたしを守ろうとしてくれた。嬉《うれ》しかったよ。あなたはなにも悪くない。それより入院患者の先駆者として、病院で快適に過ごすコツを教えて。あなたは入院中なにをしていたの？」椎也の不手際などまったく気にしていないことを楓がわかりやすい笑顔で表現する。

「本ばかり読んでいた」

腰の骨が折れていたから、一日中ベッドで横になり、母が買ってきてくれた本を読みふけった。

楓が吊るしてある左腕を上げた。こんな手ではページをめくれないと抗議しているらしい。

「読んでくれない？」ベッドから楓が椎也の顔を見上げる。

どうして、俺が？と言いたいところだが、彼女の痛々しい姿を見て言葉を飲み込んだ。この手では楓は本を持てないし、守りきれなかった負い目もある。

「他の患者の迷惑にならないし」ふたり以外に誰もいない病室を楓が見回す。

楓の病室はトイレと洗面台を完備した個室で、点滴などの機器がなければ、ちょっとしたホテルの部屋みたいだ。最初は四人部屋だったが、父親が個室に替えたそうだ。

「ブルジョアジーだと便利だな」

そう言いながら、椎也は明日から持ってくる本を考えはじめた。

翌日から、椎也はいくつかの本を持参して、楓の病室に通った。彼女の要望を聞いたが、好きに選んでほしいと言われたので、自室の本棚と図書館から自分が気に入っている本を集めた。

アメリカの推理小説、北欧の児童文学、日本人作家のエッセーなど、どの本も楓は嫌がらず、うんうんと頷きながら聞いてくれた。たまに、ムーミンはカバなの？みたいな質問からお互いに意見を交わすこともあった。

椎也は楓の横に座り、できるだけゆっくりと本を音読した。音読するのは小学生以来だった。

四日目に、自分が好きな『雨月物語《うげつものがたり》』を読み聞かせた。

「人一日に千里《ちさと》をゆくことあたはず。魂《たま》よく一日に千里をもゆく」

「どういう意味？」

「人は一日で千里を進むことはできないが、魂なら一日で千里を行くことができる」

なにかに感じ入ったのか、楓が目を瞑った。

久々に声を出して本を読むと、新たな発見がふたつあった。

目で追って読むよりも、言葉ひとつひとつのイメージが際立って心に伝わった。口から出た言葉が自分の中に深く染み入るのを感じることができた。普段から目で文章を追えば、その場面を想像することはできるが、音として顕《あらわ》れた言葉は立体的な像となり、自分が小説の場面に入り込むことができた。ニューヨークの街角に立って犯罪を目撃し、イギリス湖水地方に建つ小屋の暖炉の傍らに座り家族の会話を聞いた。

もうひとつの発見は、作者の意図を如実に把握できたことだ。作者がなぜこの言葉を選んだのか、この場面を用意したのか、黙読よりも確実に理解できた。同時に、自分が昔書いた物語など、子供の遊びだと思い知らされた。書き上げたときは、自分が獲得した言葉、自分が知り得た知識と技術、自分が抱えていた問題のすべてをひとつの物語に投入したつもりだったが、今自分が朗読している名作と比べれば、塵《ちり》みたいなものだ。火にくべるものが少なければ、燃え上がる炎も低い。

今の自分が書けば、あのときよりももっと多くの言葉と経験をくべて、炎は三年前より高みに達するかもしれない。

「彼は草原に佇《たたず》む少女を見つめた。彼女は思ったことを思ったとおりには口に出さず、むしろ思ってもいないことをあたかもずっと思っていたように話すことに長《た》けていた。現実の脇を過ぎる彼女の言葉から、彼は彼女の真の心を掬い取る作業に没頭した」

フランスの作家が遺《のこ》した古い短編小説を椎也は読んで聞かせた。

目を閉じたまま、時々首を動かして聞いていた楓が小さな寝息を立てはじめた。椎也は文庫本を静かに閉じて、楓の毛布を直す。楓の穏やかな寝顔を見てから、遠くの山に沈む夕日を眺めた。

椎也578日　楓240日

今まででもっとも奇妙な夏が終わった。楓の手術は成功し、ボルトを埋め込んだ腕を抱えて楓は退院した。

夏休み明け、片腕を三角巾で吊って楓が登校してきた。

「いろいろとありがとう。おかげで余命が尽きるより前に、退屈に殺されずに済んだ」

廊下ですれ違ったとき、楓が椎也に声を掛けてきた。

「包帯姿はマニアにもてるぞ。眼帯もしているとプラス五点だ」

「小道具に頼らなくてももてるんだけどね。紬にはかなわないけど」

晃弘から時々電話で報告があった。紬と随分仲良くなったようだ。

「晃弘は女にうつつを抜かすような男じゃなかったが」

「健全な高校生としては自然な姿じゃない。親友を奪われて悲しいのね」

「人が急激に変われることに驚いているだけだ」

チャイムが鳴ったので、それぞれの教室へ戻る。

「よお」椎也に気づいた晃弘が日焼けした顔に笑みを浮かべて、手を挙げる。

「ふたりで海にでも行ったのか」

「あ、これ？　結構並んだからな」

半袖から突き出した腕の黒さを、それがふたりの仲の良さを示すように晃弘が見せつける。

「並んだ？」

「評判のラーメン屋や立ち食いのフランス料理とか。女の子ひとりじゃ、行きづらいからって、ほぼ毎日紬さんからお誘いがあるんだ。困っちゃったよ、ははは」まったく困っていない幸せな高笑いを晃弘が上げる。

よく見ると、晃弘の腹は膨れていて、顔も一回り大きくなっている。

「彼女の自宅にも行ったぞ」

「ほう、なにをした？」

「彼女が作った創作料理をたっぷり食べさせてもらった。彼女の料理は最高だよ。あとで感想文を提出しないといけないから、大変だけどな。まだ感想文の宿題がたまっているんだよ、ああ、困った、困った、ははは」再び高笑い。

美食マニアの紬に付き合わされているだけにも聞こえるが、晃弘が幸せならそれでもいいか。

「ハニートラップかもしれないぞ」椎也は意地悪く言う。

「真実の愛と偽りの愛の区別ぐらいできるさ」

晃弘の口から、愛という言葉が飛び出すとは。

「おまえも楓ちゃんと病院デートしたんだろ」にやけた顔を晃弘が向けてくる。

「朗読会」

「なんだ、そりゃ？」

晃弘が顔をしかめると、担任の明石先生が教室に入ってきたので、それぞれの席についた。


朝のホームルームが終わると、明石先生が椎也を心配して声を掛けてきた。

「頭痛は大丈夫？」

「平気です」

ギザギザとした歯車の残像、その後の激しい頭痛。空白の原稿用紙と向かい合ったあの授業からは再発していない。

「そう、よかった。でも、無理はしないでね」

物語を書かなければ頭痛に悩まされることはない。頭痛は過去の忌々しい記憶からもたらされると椎也は理解している。そこから目を背けてしまえばいい。だけど、それでいいのか。楓との朗読会で、久々に多くの物語と出会った。口に出して名作を味わうことで、自分の中で長らく眠っていたものが目をこすり、起き上がろうとしている。

「無理はしません。だから、創作の宿題は少し待ってください」

「いいわよ、もちろん」明石先生は本当に嬉しそうな顔をした。

スマートフォンが振動した。画面を見ると、楓からのメッセージが着信していた。

『午後付き合って』


楓に連れられて、都心まで来た。

目の前には直立したマグロみたいな銀色の近代的なビルが聳える。どうやら、民放のテレビ局が入居しているビルのようだ。

「わたしの父に会って」

「それはできない」

「なんで？」

「余命短い者との結婚を親は許さない」

「くだらない冗談はいいから。空き巣犯を捕まえるためよ」

「わざわざ職場に来る必要があるか？」

「いつも帰りが遅いけど、ここでなら会えると言うから」

楓の顔が曇る。彼女の自宅へ行ったとき、親はいつもいないと言っていたのを思い出す。両親が揃っていても家庭円満とはいかないようだ。

他人の家庭環境についてあれこれ質問するのも憚られるので、黙ってついていく。

高層階でエレベーターを降り、テレビ局の派手なロゴを背景にした受付台に座る女性に父親の名を楓が告げる。

受付の奥にあった接客室に案内される。部屋の壁にテレビ番組のポスターが貼ってある。テレビをあまり観ない椎也でも知っている芸能人の顔と名前が並ぶ。その横には「大江田《おおえだ》監督の最新作、来年公開！」とシルエット姿のキャラクターが描かれたポスターが貼ってある。新作アニメ映画の予告だろうか。

楓の顔が強張《こわば》っている。父親と会うのに緊張しているのか。

「カトレアに比べたら泥水ね」出されたアイスコーヒーを飲みながら楓が珍しく毒を吐く。

ドアが開き、中年の男性が入ってきた。週に一度はジムへ通っています、と言いたげな締まった体に青いダンガリーシャツがぴったりはまっている。営業用と娘用が混じった笑みを浮かべている。

楓の紹介に合わせて、椎也は頭を下げる。

父親が名刺を差し出す。『マルチメディア本部本部長　高梨慎次《たかなししんじ》』とある。テレビ局の組織についてよく知らないが、マルチメディアという言葉から、本業の番組制作とは距離を置いた仕事に就いていると想像する。

「お友達と一緒に来るとは聞いていなかったな」怒っていると娘に思われたくないのか、慎次があえて軽い口調で話す。

「彼は命の恩人。彼がいなかったら、プールでわたしは溺《おぼ》れ死んでいた」

大げさだ。

「そうでしたか！」慎次が両手を広げて、派手に感心する。

「彼は推理小説マニアで、犯人捜しをお願いしたら、自分の手で絶対に事件を解決したいって言うからついてきてもらった」

そんなことはもちろん言っていないが、彼女と父親との微妙な関係を慮《おもんぱか》ってなにも言わず、黙っておく。

「忙しくて時間はあまりないが、知っていることはなんでも話すよ。私も犯人が早く捕まってほしいからね」

娘に嫌われたくないのか、慎次が甘い笑顔を作る。娘に好かれたいなら、たまには早く家に帰って楓と話せばいいのに。

恐ろしく素早い動きで楓が目配せをしてくる。質問しろと言っているようだ。

「えっと、空き巣が入ったと知ったときには、どこにいましたか」

「取引先のところにいた。警察から連絡をもらって、すぐに帰ったよ。家族が心配だからね」

警察から連絡。第一発見者は楓だ。家にいたのに、父親には連絡しなかったのか。思っていたよりも楓と父親の仲は深刻なのかもしれない。

「空き巣に入られたと聞いて、最初はどう思いましたか」

「そりゃ、驚いたよ。空き巣なんて、古風というかなんというか、最近はニュースでも取り上げないだろ？」

普通の空き巣ぐらいでは報道されないのは、あまりに日常的に発生しているのでニュースバリューがないからだ。民家への空き巣事件は年間一万件以上もある。全国でどこかの家庭が毎日何十軒も被害に遭っている。報道されない事件は存在せず、テレビの中が世界のすべてだと慎次は考えているのかと不安になる。世の中には報道されない悲惨なことがたくさんある。毎日どこかで人は死に、高校生が余命を告知される。たとえ娘の余命が尽きても、ニュース番組は取り上げてくれない。

「犯人に心当たりは？」

「ないよ、ないない。犯罪者を知っているわけがないだろう」

「どうして高梨さんの家が狙われたのでしょう」

「知らないよ。近所の家と比べて、うちは別に金持ちじゃないしね、自宅に金目のものなんてないない、なんにもない」

慎次が手を横に振る。ないない、なんにもない。何回言うんだろう。隣の楓はずっと黙っている。椎也に任せているのか、父親と話したくないのか。

「では、犯人になにも盗られていないのですね？」

若さを補う重みをつけようと椎也はゆっくりと言葉を吐く。

慎次の表情が一瞬固まる。営業用と娘用の笑顔の間から、別の顔を垣間《かいま》見た気がした。

「ないよ。新聞にそう書いてあっただろ。なっ？　楓」慎次が娘に同意を求める。

泥水と評したアイスコーヒーを楓がストローですする。氷だけになったグラスからこの場にふさわしいとは思えない音が響く。慎次が慌てて内線でアイスコーヒーのおかわりを頼む。

娘が大事なものを盗られたことを聞いていないのか。本当に他の被害がないなら、犯人の目的は楓の部屋にあったものだったのか。だったら、犯人はリビングや書斎ではなく、最初から楓の部屋を探すはずだ。犯人は目当てのものを求めて家中の部屋を漁った。

「これから番組の収録があるんだが、探偵ごっこはやめて、一緒に来るか？　サインがもらえるぞ」

慎次が国民的男性アイドルグループの名を口にしたが、泥団子を突きつけられたような顔をして、楓が拒否する。慎次が職場で会う約束をしたのは、これが目的だったのか。アイドルに会わせることで娘の気を引こうとした。楓がそのアイドルを好きかどうかも知らずに。

「じゃあ、これをあげよう」父親の権威を取り戻す切り札のように、慎次が二枚のチケットをテーブルに並べた。「椎也くんと一緒に行ってくるといい。あと、今日は仕事で遅くなるとお母さんに会ったら言っておいてくれ」

東京湾岸にある室内遊園地の入り口。けばけばしい電飾を張り巡らしたエントランスで、やたらいかつい目をしたモグラのマスコットキャラクターがこちらを見下ろしている。

「どうして遊園地に来ないといけないんだ」

モグラのキャラクターに負けないいきつい目で、椎也は横に立つ楓を睨む。

「ここはテーマパーク。遊園地って昭和か。ここのチケット、結構高いのよ」

「高くても行かなければ一円もかからない」

「来たことあるの？」

椎也は首を振る。

「何事も経験が大事。やってみないとなにもわからない。それに、父親がくれた冥土《めいど》の土産を粗末にしたらバチが当たる」

チケットを無駄にするぐらいでバチが当たるなら、自分と楓はどんな大罪を犯して余命が短くなったのか。

不満を口にしても、彼女に怪我をさせた負い目があるし、ここまで来てしまった時点ですでに負けだ。観念して、椎也は楓とテーマパークのゲートをくぐる。

「その腕で激しいアトラクションに乗って大丈夫なのか」

「ボルトで固定しているから全然平気。本当はこの三角巾もいらないんだ。あれ乗ろう」

館内を縦横無尽に疾走するコースターを楓が指差す。室内を走るので、轟音がこだまする。

「もう少しソフトな乗り物から試さないか。いきなり全力疾走したらアキレス腱《けん》を切る」

「あなたが走るわけじゃないし」

楓が笑い、まずはVRスコープを装着して冒険を楽しむライドを選ぶ。

椎也は初めてVRを体験した。ジャングルから大蛇が突然飛び出してきて、象が鼻で水をかけてくるといった善良な観光客を驚かせる映像がスコープ内に流れ、それに合わせてライドが上下左右に揺れる。

なぜか原住民を怒らせてしまったようで、あちこちから自分に向かって尖った矢が飛んでくる。でもその矢は絶対に当たらない。どんなに危険で恐ろしい状況に陥っても、これは仮想空間だ。今まで誰も命を落としたことはないし、これからもない。高校生が死ぬ現実とは異なる。

椎也はスコープをはずす。そこには真っ暗な空間が広がっており、ライドは一ミリも進んでおらず、乗ったときと同じ場所にあった。

「途中でゴーグルを取ったでしょ。それじゃ、つまらない」ライドを降りてすぐに楓が文句を言う。

「どういう仕組みか知りたくてね」椎也はうそぶく。「次はコースターに乗ろう」

「さっきは怖がっていたのに」

「ジェットコースターは揺れるけど安全だ。事故はめったに起きないし、誰も死なない。交通事故では毎年二千人以上が死んでいる。自動車に乗るほうがよっぽど危険で恐ろしい」

椎也の屁理屈《へりくつ》に楓が苦笑する。

コースターに並んで座り、安全バーを下ろす。日常生活ではあまり体験することがない傾いた体勢で坂を上る。頂点に達すると、コースターは坂を一気に駆け下りる。胸が冷たくなる。どんなにたくさんの統計情報を持ち出しても、現実に体感している恐怖は拭えない。それは、余命を知らされてから時折感じる、一瞬の寒気と似ている。

椎也は思わず声を上げる。

「どうだった？」

ジェットコースターで叫んだ椎也の顔を見て、楓がニヤニヤしている。

「かすり傷ひとつしていない」

冷笑を浮かべた楓が売店でドリンクを買おうとするので、片手が使えない楓の代わりにふたり分のコーラを持つ。

「奢ってあげるから、叫んで渇いた喉を潤して」

「余命五日分ぐらいか」

「そんなことも話したね。今日は付き合ってくれたから、ゼロ日でいいよ」初めて出会ったのが、随分昔のことのような遠い目を楓がする。「ひとりでテーマパークへ来たことある？」

「あるわけない。俺には冥土よりも遠い場所だ」

「日本一大きなテーマパークにひとりで行ったことがある」

「紬さんと行けばよかったのに」

「彼女は大阪にたこ焼きを食べに行って不在だった。あまり親しくない友達と行っても気疲れするし。余命を知った直後だったから、いつもと違う場所で過ごしたくて、ひとりで行った。外国は遠いし、パスポートないし。もっともお手軽な別世界がテーマパークだった」

ベンチに座り、楓が遠くを見た。

明るかったテーマパークの天井が夕方のように薄暗くなった。現実よりも早く太陽が動いているように照明が変わる仕組みみたいだ。

「エントランスゲートをくぐったときはテンションが上がった。たくさんのキャラクターが迎えてくれたし。これならひとりでも楽しめると思った。でも、アトラクションを待つ列に並んだら、自分が間違っていたことにすぐに気づいた。周りは家族連れとカップルだらけ。その中で、自分だけがひとりだった。まるで世界で自分だけが孤独みたいに」

「雑踏の中のほうが孤独を感じるというな」

「自分以外のすべての人が誰かと繋がっている光景が怖かったのかもしれない。仲はあまり良くないけどわたしは親と繋がっているし、友達もいる。命が尽きるということは、そういった繋がりから断ち切られ、自分ひとりが永遠にどこかで並び続けることだと思った」

言いたいことをすべて言ったのか、すっきりした顔をして楓がコーラを飲む。

彼女は先に余命を聞かされた。今では短命をちゃかして椎也と話せるが、それまで楓は誰にも話せず、ひとりで残り少ない人生の日数を数えていた。もしも誰かに話せば、鎌だか日本刀だかでミナモトが楓の命を躊躇なく絶っただろう。それは今の椎也より、はるかにきつい状況だったに違いない。その辛《つら》い時間を通り抜けて、今の楓がいる。

「運命から逃れられないなら余命が尽きるまで、思うままに生きようと、犯人捜しをはじめた。あなたも、好きなことをしたほうがいいよ。後のことを考えなくてもいいのは気楽でもあるから」

楓が笑うが、照明の影響か椎也には泣き顔に見える。

椎也はなにも言えなかった。残り少ない人生、命果てる前に、やりたいことをやり遂げるべきかもしれない。でも、それは残り多い人生でも同じではないか。長くても短くても限られた人生なのだから。

やりたいことを考えはじめると、原稿用紙が頭に浮かび、目の前がチカチカする。ギザギザした光がいくつも目に映る。まばたきをしても、眼球を左右に動かしても光る歯車は視界から消えない。現代文の授業のときと同じだ。医学用語で閃輝《せんき》暗点《あんてん》と呼ばれる症状だ。光の歯車が見えたあとには頭痛が起こる。

恐れていた頭痛がすぐに椎也を襲う。楓の前だから我慢しようとしたが、両側から頭を潰されるような痛みに耐えられなくなり、椎也は蹲り、両手で頭を抱える。

「どうしたの？　大丈夫？」

楓が心配そうな声を出し、椎也の肩に触れる。

「大丈夫だ、いつもの発作だ。このままにしておいてくれ」

椎也は自分の意識を原稿用紙から遠ざけようと必死であがいたが、歯車も頭痛もなかなか治まらなかった。

さっきのベンチに楓とふたりでいる。夕方の空が広がっていた天井に、今は星が瞬いている。

「中学の時に喧嘩《けんか》をして怪我を負った」

光る歯車が消えると、椎也は話しだす。

「あなたは理不尽な喧嘩をするような人間には見えない。海で見た背中の痕は喧嘩の傷にしては酷すぎる」

楓が暗闇に沈む地面から視線を上げて椎也を向く。

椎也は楓の瞳を見つめる。彼女に嘘はつけない、つきたくないと思った。

三年前の事件。あれは喧嘩という言葉からイメージする双方向的な争いではなく、一方的な暴力だった。思い出したくもないが、思い出さざるを得ない、拭っても拭いきれない事件の記憶。

「喧嘩じゃない。暴行だ。あのことは俺を決定的に変えてしまった」

現実の世界よりも時の流れが速いテーマパークのベンチで、椎也は三年前の事件について語りはじめた。

ごく普通の子供だった。父親が亡くなり母親とふたり暮らしだったが、そんな家庭は世の中にごまんとある。自分が変わっていると考えたことは一度もなかった。

医師である母は家を空けることが多く、ひとりでいる時間が長かった。孤独の自分を慰めてくれたのは本だった。多くの本とたくさんの言葉が温かく包んでくれた。父が遺してくれた大人向けの小説も貪《むさぼ》るように読んだ。

「わたしと同じじゃね」楓が言った。

椎也は頷く。

自分が少しだけ人と違う才能があると思ったのは、小学校の国語の授業でのことだった。その日の課題は作文だった。周りの生徒が四苦八苦して原稿用紙の升目を埋めているのに、椎也はすらすらと書けた。書くというより、言葉が自然に浮かんできた。目の前に浮かぶ光景を描写するだけで、文字が次々と升目を埋めていった。時には頭の中で動く情景のほうが速すぎて書くのが追いつかず、また頭の情景にぴったり合う言葉が見つからず、悔しい思いをした。

作文の授業のあと、椎也は自分の語彙を増やすための努力をはじめた。本を読んで気になる言葉があったら、ノートに書き写した。言葉の下には、自分が受け取った言葉のイメージを記した。他の子供が捕まえた虫を標本にする代わりに、椎也は言葉を集めた。

高学年になり読書量が増えてくると、選び抜かれた言葉でノートは埋まっていった。それでも、小説を書こうとは思わなかった。すてきな言葉をノートに収集することと、自分だけの世界を描き、人に読んでもらうことはまったく異なると椎也は考えていた。中学生になって、難しい小説を読むようになっても、その考えは変わらなかった、あの小説を読むまでは。

予算がないのか古い本ばかりが目立つ公立図書館の隅に勝田敦の小説があった。何気なく手に取り、表紙を開くと椎也はその場から動けなくなった。近くの椅子に座る時間も惜しく、立ったまま文字を追った。勝田の小説は衝撃的だった。鋭利なナイフのような描写があると思えば、柔らかい綿毛に包《くる》まれるような会話が続き、勝田の文は様々な角度から読者の五感を刺激した。決して直接語られることのないテーマが椎也の心へ頭を介さず伝わった。

「わたしの部屋にあった本」勝田敦の名前に楓が反応する。

椎也は頷く。

運命などと大仰な言い方はしたくないが、勝田敦との出会いが偶然だとも、椎也には思えなかった。立ったまま読み終えた本を閉じるときには、小説を書こうと椎也は決意していた。どうしてそう思ったのか説明は難しいが、プロサッカー選手のプレーに感動してリフティングの練習をはじめるようなものだと思う。授業で書いた作文などではなく、本格的な小説を椎也は書きはじめた。

椎也はノートに書いた。それは特別な体験だった。自分の内から出てくる風景を言葉で紡ぐと、ここではない別の世界で、ひとが動き、話し、笑った。自分だけに見えるあちらの世界を、こちらの世界で掻《か》き集めた美しい言葉で的確に表現できたときの喜びは今までに経験したことがないものだった。

一ヶ月後、小説を書き終えた。

「読者は誰だったの」楓が尋ねる。

「自分。自分だけだった。母親にも見せなかった」

他の誰かに作品を読んでもらうことは裸で町を歩くぐらい恥ずかしいことに思えた。

書くよりも修正する時間のほうが長くかかった。夏休み中、どこへも出かけず、椎也は推敲《すいこう》作業に没頭した。初稿から三分の二の長さになり、贅肉《ぜいにく》を削ぎ筋肉質になった文体は、フルマラソンを完走できる体力がついたランナーのように、物語の結末まで休まず駆け抜けることができるようになっていた。

夏休みの終わりに筆を擱《お》いた。何十回と読み直して、これ以上どこも削れない、なに自分も足せない作品ができた。椎也は満足した。いつまでも読んでいたい物語。だが、自分以外の誰にも読ませるつもりはなかった。

ただ、ひとつ問題があった。執筆にかまけていて、夏休みの自由研究をやっていなかったのだ。適当に調べ物をして提出することは、どうしてもできなかった。小説ではないとはいえ、手を抜いて作成したものを他人に披露してしまうと、自分の中の基準が壊れてしまう気がした。

原稿用紙に清書した物語を自由研究として椎也は提出した。宿題を提出して数日後、担任教師に椎也は呼び出された。

『もっと多くの人に読まれる資格があります』

白衣をいつも着た風変わりな中年教師は、そう断言した。社会科の担当だが、昔は文学青年で若い頃は文芸評論家を目指していたと教師は語った。

ここまで書ける十三歳はいない、もっと多くの人に読んでもらいたい、と新人賞へ応募するように教師は熱心に説得した。応募には承諾したが、他の生徒には伝えないようにお願いした。

教師は椎也との約束を守ったが、多くの生徒が椎也の小説を知ることになった。椎也の作品が最優秀賞に選ばれたのだ。中学一年生の最優秀賞受賞は史上初だった。中高生の一年間は成長幅が大きいので、最年少での受賞は大きなニュースになった。

「すごい。学校の英雄ね」椎也の説明に楓が口を挟む。

現実よりも時間が速く進む屋内の天空は深夜になっていた。勘違いしたわけでもないだろうが、アトラクションで遊んでいた客が家路につき、周りを行き交う人が減り、誰も聞いていないアナウンスと派手な音楽が無意味に響き渡った。

「そんないいものじゃなかった」椎也は力なく言う。

なんでも目立つものが好きな生徒が椎也に寄ってきた。椎也の小説を読んでいない者も半分ほどいた。地元の新聞社や地方局が取材に来た。人前に出るのは好きではなかったが、十三歳には大人の要求を断る術《すべ》がなかった。

次回作を期待する声が上がってきた頃に、おかしな噂が校内に広がった。

『椎也の小説は盗作』

その噂は椎也の耳にも届いた。ネットに投稿された他人の過去作品が椎也の小説によく似ているという話だったが、誰もそれをネットで見つけることはできなかった。椎也の文章はかなり大人びていたので、本当に中一が書けるのか？という疑問が噂に拍車を掛けた。

作品をどんなに酷評されても椎也が怒ることはなかった。完成した小説は自分のものではなく、読み手のものだと信じていたからだ。ただ、苦労して生み出したものを自分で書いていないと言われるのは心外だった。噂を完全に否定するには、前作を上回る新作を書くしかない。一作を書き上げたことで得た仄《ほの》かな自信が椎也にはあった。

だが、新作を書いていくと処女作と似た話、似た場面ばかりになり、書いては消すことを繰り返した。自分は圧倒的に読書量が足りていないと椎也は悟った。経験が少ないのは十三歳だから仕方がない。経験を補うために多くの物語を吸収する必要があると考えた。

学校の休み時間も給食中も椎也は本を読み続けた。文豪が遺した名作から最近のベストセラーまでなんでも読んだ。

『メシ食いながら本を読むなんて、作家先生は違うよなあ』

椎也が片手で本を読む格好を真似して、ひとりの男子がゲラゲラ笑った。クラスで一番腕力がある男だ。取り巻きの連中も一緒に嘲笑《あざわら》った。今考えると、給食を食べながら本を読む姿は滑稽《こっけい》だとわかるが、あのときは盗作の噂を払拭するために必死だった。茶化す男子たちを相手にせず、椎也は読書を続けた。

そんな椎也の態度が気に入らなかったらしく、いやがらせがはじまった。登校すると上履きがなかったり、筆箱から鉛筆が消えたりした。その頃の椎也が今よりもはるかに貧弱な体格をしていたのも彼らを調子に乗らせた。

そんなことに時間を費やす彼らに呆れ、椎也は徹底的に無視した。彼らを気にする余裕はなく、小説の世界を広げることが椎也の最優先事項だった。自分が創《つく》った世界にいれば心が落ち着き、のびのびと過ごすことができた。自分の世界を強固にするために、本を読んで気になった言葉をノートに貯《た》めていった。

授業が終わり帰宅途中に、今日書く筋を考えていると、後ろから突然背中を押された。

振り向くと同じ制服を着た集団に近くの空き家へ引きずり込まれた。

埃まみれの暗い部屋に倒され、椎也は同級生を見上げた。

『俺はやたら目立って、いい気になっているおまえがむかつくんだよ』

給食の時間に椎也を馬鹿《ばか》にした、やたら腕の太い男が椎也の顔に唾を吐いた。

ここで椎也が謝って、下手《したて》に出ていれば状況が変わったかもしれない。だが、椎也はそういう交渉事ができない人間だった。

『俺は君たちになにもしていない。俺を見るのが嫌なら、自分の臍《へそ》でも眺めていればいい』

その言葉が連中に火をつけた。男が椎也を踏みつけると争うように他の男たちが椎也の腹を蹴った。椎也は生まれて初めて本当の血の味を知った。立とうとしても、足首を蹴られてその場に転ばされた。相手の隙を突いて逃げようとしたが、椎也の鞄をひとりの同級生が抱えていた。鞄には言葉を蓄えたノートと書きかけの新作が入っていた。

取り返そうと、椎也は鞄を持っている男に飛びかかった。男から鞄を取り返したが、その椎也の顔面を腕の太い男が力いっぱい殴った。今までとは異なる重い痛みが顔全体に広がり、口の中に異物が転がった。吐き出すと血まみれの歯が床に落ちた。舌で触れると前歯があった場所に空白ができていた。

その場にいた全員が倒れた椎也に殺到した。無数の蹴りが腹に刺さった。息ができなくなり、視界もぼやけてきた。

ひとりが鞄から椎也のノートを取り出し、咥《くわ》えていたタバコの火を近づける。

『やめろ！』

地面に押さえつけられた姿勢で椎也は叫んだ。椎也の叫びぐらいで彼らが暴力をやめるわけもなく、椎也のノートに書かれた美しい言葉たちと生まれたての物語は炎に包まれて地面に焼け落ちた。

歯茎からの出血で顔は血まみれになり、全身の痛みで意識が朦朧《もうろう》としてきた。蹴りが一時やみ、椎也は目を開けた。

そのとき、椎也が見たのは、鉄パイプを振り上げた男の姿だった。


「気がついたら、救急車に乗せられていた」

「酷すぎる」楓が口を手で押さえた。

同情を引く意図はなかったが、短い余命仲間として、事実は事実として彼女に伝えるべきだと思った。彼女はたったひとつの貴重な願い事を使い、余命短い椎也を見つけたわけだから。

「医者でもある母から怪我の状態の説明を病室で受けた。三本の肋骨《ろっこつ》骨折、四本の前歯の欠損、一番重傷だったのが片方の腎臓損傷と腰椎《ようつい》の骨折だった。骨折部分がもう少しずれていたら、下半身麻痺《まひ》で一生歩けなかったそうだ」

楓の顔が死者のように青ざめていた。脅かすつもりはなかったが、死が近づいている人間には刺激が強かった。

「すまない。酷い話をしてしまった」素直に椎也は謝った。

「酷い目に遭ったのは、あなた。あなたは、なにも悪くない」

「自分が悪いとは思わないが、もっと賢く生きる必要があるとは考えた。世の中には暴力という選択肢があると思っている人間がいる」

「他人に暴力を振るっていいわけがない」

「正論だが、正論をぶつけるだけでは暴力に潰される。それが現実だ。そういう人間とも適当に付き合っていくか、それができないなら、くだらない人間には近づかないようにすべきだ」

「だから、勉強して今の高校を受験したのね。全員が優れているとは全然思わないけど、少なくともあの学校には暴力を振るえば自分の人生が台無しになると理解している人間が揃っている」

椎也は頷く。

「体を動かせないので、一ヶ月間ずっと病室にいたら、そういう考えに至った。テレビは災害やその他の犯罪について詳しく報道していた。そこには鉄パイプに負けず劣らず無数の暴力があった。その圧倒的で非人道的な力のすべてから逃れるのは不可能だ。

だから、体を鍛えた。退院してもすぐに学校へは戻らず、医師の許可を得てボクシングを習いはじめた。自分が強くなれば、誰も向かってこない。暴力を避けることができる。単純だけど、あのときはそういった単純な手法に逃げ込むのが一番楽だったし、加害者を恨むよりも、よっぽど建設的だと思った」

最初はリハビリのつもりだったが、トレーニングしていくうちに体格が変わっていくのが面白かった。それまでは自分の内に物語を育てることばかり考えていたが、物語が真っ直ぐ成長するためには器になる健全な肉体が必要だと実感した。たくさんの本を収納するのに、がっしりとした本棚が必要なように。

場内に『蛍《ほたる》の光《ひかり》』が流れた。遊園地からテーマパークに名称は変わっても、閉園を告げる音楽とその物悲しさは変わらないようだ。

「小説を書くのはやめてしまったの？」

「退院してから何度も書こうとしたけど、駄目だった。空想の世界に踏み入ろうとすると、目の前がチカチカする。医者が閃輝暗点と呼ぶ症状で、そのあと激しい頭痛が続く」

「病院へは行ったの？」

「母の病院で検査を受けたが、原因はわからなかった」

楓が黙り込む。沈黙は重たい空気となって辺りに広がり、椎也も口を閉ざした。

施設内はまだ夜が続いていた。周りに客はいない。遠くで従業員が掃除と閉園のための片付けをしている。椎也と楓は、暗くなったテーマパークでそこだけ明かりが当たるベンチにしばらくふたりで座っていた。

椎也561日　楓223日

楓の母が経営している画廊は新宿三丁目《しんじゅくさんちょうめ》にあった。小さい頃は母親に連れられて楓も顔を出していたが、最近はまったく来ていないそうだ。

理由を尋ねると、ひとりで来るのがなんだか怖くて、と楓が呟いた。怖いのに今日来たのは、空き巣のときになにか知っていそうな素振りを母親がしたのを楓が思い出したからだ。

新宿通りから一本入った路地にある画廊は、通りに向けた正面がガラス張りになっていて、中の様子がよくわかる。細身の女性が展示してある絵を指差し、若い男性スタッフに指示している。あの人が楓の母親か。

楓がガラスドアを押すと、楓の母が大げさに驚いた表情を見せる。

「楓、珍しいわね」

訪問することを伝えていなかったようだ。母親の名前は瞳《ひとみ》だとさっき楓が教えてくれた。瞳は楓によく似たショートカットで、耳につけた小ぶりのピアスが輝いている。おそらくダイヤだろう。瞳はかなりの長身だ。九月でも黒のノースリーブから細い腕を出している。

「こちらの方は？」

瞳が椎也を向き、眉を上げる。

「川上椎也くん。プールで助けてもらった友達。この前説明したじゃない」楓が語気を強めて言う。

椎也は軽く頭を下げる。

あれ、そうだったかしら、と言いたげに瞳が顎に手を添える。細い手首につけられた金色のブレスレットが揺れる。

「で、今日はどうしたの？　ボーイフレンドの紹介？　コジマちゃん、この子たちにコーヒーを出して」

コジマちゃんと呼ばれた若い男が小気味よい返事をして店の奥へ引っ込む。その姿を見て、楓が嫌な顔をする。

瞳に促されて、変わった形の椅子に座る。

瞳がタイトスカートから飛び出た細い足を組む。若そうに見えるが、何歳ぐらいなのだろうか。少なくとも高校生の娘がいるようには見えない。彼女が義母という話は聞いていない。

「楓に彼氏がねえ、よかったわね」

瞳が娘に流し目を送ると、楓が苦々しい顔をする。

「友達だって」楓が言い放つ。

父親と一緒のときよりも楓は強気だ。女兄弟がいないからよくわからないが、母娘の関係とはどこもこういう感じなのだろうか。

「あなたも、もう高校生なんだから、彼氏がいてもいいんじゃない。ねえ？」

最後の「ねえ？」のところで、瞳がテーブルに肘をついて、椎也に視線を送る。

コジマちゃんが盆を使わず、ソーサーを直接摑んでホットコーヒーをふたつ持ってくる。コーヒースプーンとソーサーがぶつかり、カタカタと音が鳴る。カップが揺れて、コーヒーがこぼれそうだ。

「ありがと」

瞳が首を傾けて、上目遣いでコジマちゃんを見る。ウィンクこそしなかったが、椎也が抱く母親という概念からはみ出た艶《なま》めかしさを瞳の仕草から感じる。

「犯人のことを聞きたいんだけど」艶のある空気を断ち切るように楓が言う。

「犯人って、あの空き巣の？」

「そうよ。警察が帰ったあとで、そういうことね、と言ったでしょ。あれ、どういう意味？」

母親に向かって楓が身を乗り出す。

「そんなこと言ったかしら」

娘の圧をかわすように瞳が斜め上を向く。

「言ったわよ！」楓の声が大きくなる。

カチャカチャ。

険悪した空気の中、瞳のためのコーヒーをコジマちゃんが持ってきた。タイミングが悪いと思うが、コジマちゃんはそんなことを気にしないようだ。

「ありがと」

さっきと同じように声を掛け、瞳がコジマちゃんの背中にそっと触れる。

「どうなの？」

「父さんはなにか言っていた？」

「ないない、なんにもないって」

「ふうん、そう」

足を組み直し、尖ったヒールの先端を瞳が見下ろす。

いつのまにか会話の主導権が楓から瞳へ移っている。決して穏やかではない口調で親子が話している場に自分がいるのがふさわしいのか椎也はわからなくなってきた。だけど、楓が椎也に懇願する目を向けている。

楓の視線を受け止めて、椎也は画廊内を見回す。絵画と瞳以外に余計な色がないシンプルな内装だ。

椎也は立ち上がる。

「点描画というのですよね？」壁に掛かっている、空白が多い絵に近づき、椎也が尋ねる。

「そうよ。パリの若い画家の作品。手間がかかって技術も必要だから、最近は点描をこなす画家は減ってきているけど、彼の絵はなかなかよ。よく知っているわね。絵に詳しいの?」

「芸術は素人です」椎也は素直に答える。

「椎也くんの書いた小説は、コンテストで最優秀賞に選ばれたのよ」楓が椎也のフォローをする。

へえ、といった顔を瞳が見せる。どこまで本気で感心しているかわからないけど、人を褒める手法に瞳は長けているように思えた。

「点描画はキャンバスに絵の具を筆で打ち付けるように描きますが、この作品のように絵の具を塗っていない箇所が多い作品もありますよね。そういう点描画の場合は、色と色の間の空白が重要だと聞いたことがあります」

「そう! そうなのよ。空白の大きさと色の分布で、全体の色調や雰囲気が決まるの。描かれていない部分が大事なのが点描画よ。よくわかっているわね、作家さん」瞳が感心した声を出す。その声の裏にはさきほど感じた艶めかしさが含まれている気がした。

「すてきなボーイフレンドを見つけたわね、楓」

母親の好奇な視線から楓が目をそらす。

「小説を偉そうに語れる人間ではないですが、小説も点描画と似た部分があると思います。語られるよりも語られないことが大事だと」

「門外漢だからあなたの小説論が正しいかわからないけど、私たちの世界では間違いなくそうね。語られたことよりも語られないことが大事。批評家の褒め言葉よりも、彼らが口にしなかった言葉の意味を画家は深く考えるべきよ」

瞳がコーヒーカップに口をつける。縁についた口紅を、それが茶道の所作かなにかのように指で綺麗《きれい》に拭う。

「さきほどの楓さんの話ですが、犯人について心当たりがあるのですか」

「心当たりというほど、確信は持っていないけど。あのとき、あの人……楓の父親ね、ハムスターだっけ、廊下に落ちていた落書きをずっとのぞいていた。鑑識の人に離れてと言われたのに。楓は部屋に籠もっていたから知らないだろうけど」

ハムスターのイラストに慎次が関心を抱いていた。この前はそんなことを言っていなかった。

「お父さんはどうしてイラストを見ていたのでしょう」

「さあ、あの人が絵に興味を持ったことなど一度もなかった。私が買い付けた絵も値段を訊くだけで見向きもしない」

「あのハムスターの絵に心当たりはありますか？」

「ないわね。それに、あれが絵って言えるの？」瞳が大げさに顔をしかめる。この人はあっという間に表情を変える。「あの落書きを見たあとね、あの人が急におどおどしはじめたの。長年一緒にいるからわかるのよね、あの人が隠し事をしているとき。警察には言わなかったけど」

「隠し事というのは？」

「さあ、私は知らないわ。でも、なにかあるのよ。言ったでしょ、語られたことよりも語られなかったことが大事だって」

「お父さんが語らなかったことになにか意味があると？」

瞳が軽く目を閉じて、雰囲気の良い無言を返す。この人は、こういう芝居がかった意味深な仕草を若いときからずっとしてきたのだと椎也は思う。年を重ねても、娘が目の前にいても、その習慣は変わらない。

「楓、本当に良い人を捕まえたわね。おまけに作家さんなんて。彼氏に触発されて、あなたの絵もうまくなるといいけど」瞳が楓に流し目を送る。

小さい声で、うるさい、と楓が呟く。

楓に絵を描く趣味があったとは初耳だ。

「いただきます」

おいしい。紬の弁当も凝っていておいしかったけど、母親の料理が一番しっくりくる。

「お友達の容態はどう？」

大豆ふたつを箸で器用に摘んで、母がこちらを向く。医者だから指先が器用なのかと感心する。楓が入院していたときに治療法についていくつか質問したことがあった。

「腕も吊らなくなって、普通に登校している」

そう、良かった、と言い、母が大豆を口に入れて噛む。

「もうすぐ年に一回の定期検診だけど、どうする？」

上目遣いで、心配そうな目を母が向ける。母と話すと、日頃忘れていることもある自分の余命を思い出す。母は若くして夫を喪《うしな》い、ひとり息子も暴力で亡くしそうになった。日常生活を送れるまでに回復したのに、またあと一年半で今度は永遠に息子を喪うことになる。

「今年はもういいかな」

「腰は痛まない？」

「平気だよ」

事件後、腰椎をプレートで固定する手術をして再び歩けるようになり、ようやく退院できた。

ボクシングの練習に励み体を鍛えてから中学へ戻ると、事件前とはまったく違う人間として取り扱われた。「被害者」というカテゴリーは一方的に憐《あわ》れみを集めるものではなく、特に学校というとても狭い世界で事件が起きた場合、加害者と被害者の距離が近すぎて、片方を一方的に非難することができない。「暴力は良くない」という主張の裏には「暴力を受けた側にも落ち度がある」という意見が寄り添い、「怪我をしてかわいそう」という憐憫《れんびん》には「怪我さえなければ、こんな大騒ぎにならなかった」という仮定がつきまとう。

結果、多くの人間は、そんな厄介な被害者に近寄らず傍観することになる。椎也に話しかける生徒はいなくなった。小説コンクールで注目を浴びた存在から、急変した環境は十四歳にはきつかった。

「ごちそうさま」母が手を合わせる。

皿を流しに運び、自分の役目である食器洗いをはじめる。

『うちはバラバラ』

新宿御苑《ぎょえん》の芝生に座り、楓が椎也に言った。瞳の画廊を出てから、楓は押し黙り、ふたりの会話は途絶え、なんとなく新宿御苑方面へ足が向いた。

『母さんはさっきの男と付き合っている』

椎也はなにも言えなかった。コジマちゃんと瞳はかなりの年齢差がありそうだったが、あのお母さんなら気にしないように思える。

『父さんもたぶん知っているけど、なにも言わない。父さんはお金とお金をもたらす仕事にしか興味がない』

『証拠はないんだろ。考え過ぎじゃないのか』

椎也が不用意に口走った宥《なだ》めの言葉を彼女が睨みつけた。

『そんなふうに子供に思わせてしまう時点で、親失格じゃない？』

父親は娘の取り扱い方を知らず、母親は自分が母親であることよりも女としての自分を優先している。

楓はうつむき、顔を上げなかった。バラバラな家族、そこからもうすぐ強制的に排除される自分。家族に失望しながらも、自分がいない家族の行く末を心配しているように見えた。

あのとき、気の利いた言葉を掛けるべきだったかもしれない。抱きしめて慰めるべきだったのかもしれない。

多くの観光客が行き交う庭園で、椎也は迷った。だけど、なにもできなかった。自分は楓とたまたま同じく余命が短いだけで、すべてを許し合えた関係ではない。晃弘と紬のような朗らかで楽しい関係は作れない。自分たちが向かっているのは明るい未来ではなく、死そのものなのだから。

椎也は水道の蛇口を締める。

「決まったでござるか？」

振り向くとミナモトが背後に立っていた。低い身長、腰に差した二本の刀、きっちりした丁髷。

「久々だな」

母に聞かれないように椎也は声を落とす。母は居間でテレビを観ている。

「今日来たのは他でもない、願い事を聞きに参ったでござる」

「願い事なら決まっていないでござる」

「そろそろ決めてもらわないと困るのだが……」

母の爆笑が聞こえる。彼女はお笑い番組を好む。他人の生き死にに関わる仕事のプレッシャーから解放されたいのだと椎也は理解している。

「まだ考えていない」

「左様か。わからんでもないがな、願い事どころか、自分の余命さえ信じない輩もおるからのう」

ミナモトが肩を落とす。

あと数年後に死にます、と言われて、はいそうですか、と納得する人間のほうが少ないだろう。

「信じない人間をどうするんだ？　その場で殺すのか？」

「何度も訪問して説得するしかないでござる。体を浮かしたり、未来を予言したりして、拙者が死神だと信じてもらうのが第一じゃ」

未来を予言。そうだ、死神は未来のことをすべて知っているんだ。人がどうやって死ぬか、誰がいつ死ぬかも。先のことをすべて知りながら、なにも知らない顔をして話している死神が不快に思えてきた。

椎也は手を拭き、母のいる居間へ向かう。

「ちょっと待つでござる」ミナモトが止めようとする。

「いいよ、もう、うるさいな」つい声を荒らげてしまった。

「なに？　どうしたの？」母がテレビから視線をそらし、こちらを振り向く。

彼女にはひとりで怒鳴る息子の姿だけが見えているから、三年前の後遺症が出たかと心配しているのかもしれない。

「なんでもない、大丈夫だよ」わざと明るい声で椎也は返事する。「とにかく、願い事はまだ決まっていない。家まで来られて迷惑だ」

居間から離れて、自分の部屋へ向かいながら小声で話す。

「それは相すまなかったでござるが、実は椎也殿に頼み事がある」

「願い事ではなく、頼み事？」

「さきほど申したように、自分が死ぬことを承知せん者がおる。その者を説得してほしいのじゃ。自分の短命をすぐに納得した椎也殿の話なら聞いてもらえるはずじゃ」

「誰も納得なんてしていない。仕方がないと観念しただけだ。少ない余生なのに、なんでそんな頑固者と俺が話さないといけないんだよ」

「そこをなんとかならんでござるか」

「ならんでござる」小声で椎也は断る。「誰だよ、そんな頑迷な奴は」

「勝田敦という者じゃ。なんでも物書きらしいのじゃが」

椎也が尊敬する作家の名前をミナモトが口にした。

「まじ？」

「拙者は常に真面目でござる」

椎也５４１日　楓２０３日

最寄りの駅は教えてくれたが、ミナモトは勝田宅の詳細な住所を知らなかった。作家勝田敦のイメージを思い浮かべると、特定の方角から心に光が射《さ》した。今までにない体験だった。体ではなく心へ直接届く光は嫌な感じはせず、親しみと懐かしさを感じることができた。海岸にいた椎也を楓はこうやって見つけたのか。

光の射す方角へ進んでいくと、一棟のアパートにたどり着いた。築年数がかなり経ったアパートでオートロックどころかエントランスもない。作家を目指す若者が見たら、夢より失望を覚える佇まいだ。

「どうして、わたしも？」隣で楓が不平を言う。

「たまには俺に付き合ってくれてもいいだろ。ミナモトの要望なんだから、あんたにも関係する」

大方の説明はすでにしてある。

「わたしが頼まれたわけじゃない」

「勝田敦だぞ、相手は」

楓を強引に誘ったのは、新宿御苑で話したときに両親のことで彼女が落ち込んでいたからだ。好きな作家に会えれば少しは気が紛れるかもしれない。

「まあ、そりゃあね。会えるのは嬉しいけどさ。イケメンだし」

本に載っていた勝田の著者近影は、贅肉がない引き締まった顔立ちに鋭い眼光を放っていた。ひよわな文学青年という感じはなく、労働と生活に密着した男の顔だった。

「今もイケメンかは知らないが」

勝田敦。現在五十五歳。岩手県の生まれ。十八歳で上京して道路工事など肉体労働に従事しながら小説を執筆。二十五歳で書いた『北風《きたかぜ》の企《たくら》み』が大手出版社の新人賞を受賞した（中学生の椎也が立ったまま完読した小説だ）。切れ味鋭い文体と骨太の物語が高く評価され、ベストセラーになった。

それ以降、いくつかの作品を発表したが、処女作ほどの評価は得られず、ここ十年は新作を出すことなく、世間では忘れられた作家の仲間入りをしている。

二作目の執筆に苦労した椎也には実感できる話だ。事件に遭ったとはいえ、次の物語を完成させることができなかった自分と勝田敦を同列に並べるのはおこがましいが、共感できる部分は多い。だから、ミナモトの依頼を引き受けたのだ。

「どうやって勝田さんに会うの？　死神の依頼で来ましたって言うの？」楓が尋ねる。

「ミナモトは、ろくに話も聞いてもらえなかったそうだ。まずはファンのふりをする」

どんな優秀な空き巣でも足音がする鉄製の階段をカンカン鳴らしながら上る。

光を感じるのは二階の隅の部屋だが、表札は出ていない。

木製のドア横にあるブザーのボタンを椎也は押す。ドアも壁も防音の役割を果たしておらず、部屋の中で鳴っているブザーの音が外にいてもしっかり聞こえる。

しばらく待っても、誰も出てこない。

もう一度ブザーを鳴らす。それでも出てこない。

「留守かな」

「中から光を感じる。ここにいるはず」

楓が椎也の指の上からブザーを押し続ける。死者でも起きるほどに甲高いブザーの音がけたたましく鳴り響く。

部屋の中から、ドタドタという足音が振動とともに響き、木製のドアが開いた。

「うるせえな！　物売りなら買う金はないし、借金取りなら返す金はない！」

ドアから飛び出た顔は髭と長髪が繋がったむさ苦しい男だった。『坊っちゃん』でいえば、山嵐《やまあらし》だ。

「なんだ、子供か。さっさと学校へ行って漢字でも覚えろ」

山嵐、じゃなかった勝田が椎也と楓をじろりと睨む。姿形は随分変わったが、眼光の鋭さは劣えていないように見える。

「今日は土曜日だから学校は休みです。僕たちは勝田先生のファンで、先生に会いに来ました」

できるだけ社交的な顔で椎也がそう言うと、勝田が無言でドアを強く閉めて、鍵を掛ける。ドアの風圧が椎也の前髪を揺らした。椎也と楓は顔を見合わせる。

「イケメンはいずこ？」

「処女作から三十年経っている。人相も変わるさ」

「で、どうする？　教典でもドアノブにぶら下げて帰る？」

「俺たちは死神教の勧誘に来たわけじゃない」と言ってみたが椎也に妙案があるわけでもなかった。

「すいませーん、死神かつ侍のミナモトの遣いで来ましたー」近所に聞こえる大声で楓が呼び出す。

再びドカドカと音がして、ドアが開き、勝田が苦々しい顔を出す。

「入れ」この上なくぶっきら棒で乱暴な物言いで勝田が命令した。

室内は混乱した太陽系のようだった。台所に続く六畳の中央には太陽のようにちゃぶ台があり、その周縁には、ありえないほどの吸い殻を打ち込まれた複数の丸い灰皿が惑星のように置かれている。灰皿とちゃぶ台の間には、宇宙塵《うちゅうじん》のように無数の紙くずが転がっている。太陽系外の窓際に小さな文机《ふづくえ》があり、倒れないのが不思議なほどに本が山積みになっていて、残る小さなスペースに原稿用紙の束がかろうじて場所を確保している。

無理やりふたり分の場所を作って、畳に座る。勝田はちゃぶ台の後ろにでんと座り、こちらを睨んでいる。お茶が出てくるのは期待できなそうだ。

「お時間いただいてありがとうございます。わたしは高梨楓、この人は川上椎也です」

「おまえらはどうして知っている？」大きな腹から勝田が野太い声を上げる。

「なにをでしょう？」

「決まっているだろ、その女が口にした、死神侍だよ」勝田が声のトーンを一段落として言った。

「椎也くんと同じ言い方だ。さすが作家仲間」楓が明るい声を出す。

「作家仲間？　おまえも小説を書くのか？　だったら、くだらねえから、さっさとやめちまえ」勝田が吐き捨てる。

「そんなに自分の仕事を卑下しなくても」

「卑下しているんじゃない、現実を親切に教えてやっただけだ」

取りつく島もない。

ちゃぶ台が太陽だとしたら、冥王星ぐらいの位置に転がっていた本を楓が拾い上げる。

「わたしたち、勝田さんの本を読んで感動したんですよ」

楓が『北風の企み』の文庫本を両手に持って見せると、逮捕状でも押し付けられたみたいに勝田が嫌な顔をする。

「おまえらみたいに、昔読んで感動しました、人生変わりました、とかぬかしてここに来る奴が多いんだ。そういう奴はさっきみたいに追い返す」

ファンを大切にしようという気持ちはさらさらないようだ。透徹な文章で紡がれた『北風の企み』は新しい時代を象徴する小説として、当時の若者を中心に圧倒的な支持を受けた。出版してから三十年が経っても、そのメッセージと鮮烈な文体は色褪《いろあ》せていない。それなのに、目の前の作家は風貌を変えて、世間に呪詛を放っている。椎也は少なからず失望した。自分を執筆に導いてくれた偉大な作家のこのような姿を見たくはなかった。

「おまえら、なんでミナモトのことを知っているんだ?」

「あなたと同じですよ」椎也が無表情で言う。

「同じって……、おまえらも余命を告げられたのか!」勝田がこちらを指差して驚く。

「そう、わたしがあと半年、こちらの作家の卵があと一年半」

勝田の表情から驚きが薄れ、哀れみが増す。

「まだ、若いのに……。あのミナモトとかいう侍は本物の死神なのか……」

勝田が腕組みをする。

「おそらく」

勝田が呻く。

「俺は何度言われても信じられなかった。マジックリアリズムの小説を書いたこともあるが、現実世界では魔法はおろか神も運命も超自然的なことは一切信じていない。だから、ミナモトが突然現れて、おまえはもうすぐ死ぬと言われても、俺は信じることができなかった。宙に浮くとか珍妙な真似はされたが、手品かなにかだろうと取り合わなかった。もしかすると、自分が死ぬのを信じたくなかったのかもしれない。おまえらは若いのによく受け入れたな」

「避けられないなら、受け入れるしかないですよ」

「悟り世代ってやつか。今の若者らしいな」勝田が皮肉めかして言う。

「そういうふうに若者を類型化して批判するのを嫌っていませんでした？　今どきの若者なんて存在しない、それぞれ異なる若者がいるだけだと作中で登場人物に言わせていましたよね」椎也は早口で言う。

「利いたふうな口をきくな、文学青年」

「自分の余命を信じないなんて、死ぬのが怖いんですか？」矢継ぎ早に椎也は言う。

かろうじて髭で埋まっていない皮膚の部分がみるみる赤くなる。

「死ぬのは怖くない。死を恐れる年齢はもうとっくに過ぎた。作品が完結できないのが嫌なだけだ！」勝田が大声を上げる。

「そう言うけど、もう長い間、新しい作品を発表していないですよね？　本当はもう書けないんじゃないですか？」

嫌な言葉だ。その言葉は自分にも刃となって突き刺さる。事件のせいにしているけど、本当はもう書けないいんじゃないのか？

「今の世の中、小説を書くことが難しくなってきている」

「そうなんですか？　パソコンやインターネットがあって便利になったように思えますけど」楓が不思議そうな顔をする。

「道具は立派になったかもしれないが、肝心の言葉がな」

丸まった紙を手に取っては放り投げて、勝田がなにかを探しはじめる。一枚の原稿用紙を勝田が広げて楓に見せる。

「勝田さんの生原稿だ、感動です。赤字で修正されていますね」

楓が原稿を読む。横からのぞくと、達筆な文が赤ペンで校正されている。『馬鹿の鼻血を止める薬なんてない』という箇所の横に赤字で『病気で鼻血が止まらない人が読んだら傷つきます。不適切なので修正してください』とある。

「ん？　どういうこと？」

「馬鹿の鼻血という表現が問題だと言うんだ、馬鹿編集者は。鼻血を出して慌てる愚か者に対する揶揄であって、鼻血を出す病人の中傷では決してないのに」

「この文を読んで、血液関連の病気に苦しむ人が怒るとは思いませんが」

「苦情が来る前にその可能性を排除しようとしているんだ。一番悪いのは、それがどの程度の問題なのか深く考えずに、わずかな炎上の可能性も自動的に回避するように思考の回路ができてしまっていることだ。人の脳は思考の形が一度できると、ずっとそれを守ろうとする。こんな表現は怒られるかもしれないからと一度避けてしまえば、次は無自覚に言葉を排除しようとする。そんなことが続けば、使える言葉は減っていき、表現できる領域は狭まっていく。差別用語を使うのは俺も反対だ。だから、なおさら言葉を制限する前にきちんとした議論が必要で、安易に表現を制約してはならない。言葉を生業《なりわい》にしている人間が自らの道具を縛り使えないようにするなんて自殺行為だ」熊の咆哮《ほうこう》のような迫力ある主張を勝田がする。

「その編集者のせいで新作を書かないのですか？」椎也は疑問を口にする。

「なんだと？　なにも知らない若者が……」

言いかけた言葉を勝田が飲み込んだ。かつて若かった自分が疎んだ年寄りと同じ小言を今の自分が口にしようとしたことに気付いたのだろう。

「まあまあ、大変ですよね、新しい作品を創るのは。でも、ファンはいつまでも待っていますから」荒立った空気を中和するように楓が笑顔をふりまく。

今日の楓は気丈だ。家族のことで落ち込んでいるのに、無理やり明るくしているようで痛々しい。

「良い作品を届けたいから、時間がかかっているんだ」

椎也は文机を見る。机の原稿用紙には万年筆で書かれた文字が躍っているが、その上にはうっすらと埃が積もっている。

「頭の中で考えているうちは、どれも傑作なんだよ。だがな、そのまま文章に起こすと無味乾燥な駄作になってしまう。だから頭の中で熟成させる時間が必要なんだ。書いてみないとわからないことだ」

「この人は全国中高生小説コンクールで最優秀賞をとったことがあるんですよ」楓が余計なことを口にする。

「ほう。あの賞はまともな作家が選考している。基礎はできているようだな。だが、大切なのは二作目だ。一作目は自分の中に溜《た》まったものでなんとかやりくりできる。二作目はそう簡単にはいかない」

勝田の言葉を無視して椎也は文机の前に座り、書きかけの原稿用紙を掴み、読む。

「おい、勝手になにをしているんだよ！」

「まあまあ、熱烈なファンは新作を少しでも早く読んでみたいものですよ」怒る勝田を楓が宥める。

椎也は原稿を素早く読む。まだ数枚しか書き上がっていなかったが、読み終えた部分の情景が鮮明に浮かび、この先に広がる世界がありありと想像できた。素晴らしい小説の冒頭だ。勝田敦は少しも衰えていない。

近くに転がっていた鉛筆を手に取り、椎也は続きを書き込む。

「おい！」

勝田が椎也の肩を鷲掴《わしづか》みにして、力ずくで原稿用紙から引き離そうとする。

「まあまあ、熱烈なファンは自分で続きを書きたくなるものですよ」楓が割って入る。

「そんなファンがいるかよ！　いいから帰れ。あの侍に言っとけ、俺は余命など信じないぞ！」

ボクシングで鍛えた腕力で中年作家に刃向かうことはできるが、椎也は素直に従った。

「帰ろう」

鉛筆を置いて、椎也は立ち上がる。


母は夜勤だったので、椎也はひとり夕食を食べる。

キュウリの酢の物を奥歯で咀嚼《そしやく》しながら、昼間のことを考える。変わってしまった勝田の姿には失望した。憧れていた分、膨れた怒りの感情に任せて勝田の原稿に書き継いでしまった。あの時は夢中だったからよく覚えていないが、原稿用紙に文章を書いたのに、光る歯車は現れなかったと思う。

食事を終えて洗い物を済ませると、ノートパソコンを開く。ワープロソフトを立ち上げて、画面に点滅するカーソルを見つめる。指の先をそっとキーに乗せる。

なにを書くか、なにが書けるのかわからない。だけど、指に力を入れる。指が動き、新たな文字が生まれ、言葉に育つ。軌跡のように言葉を残しながら、明滅するカーソルが流星のように黒い画面を駆ける。

書ける。椎也は夢中でキーを叩き続ける。言葉が躍る。三年ぶりの執筆に心も躍る。

心の底に沈澱《ちんでん》していた風景が浮かび上がろうとする。

だけど、よく見えない。ギザギザした歯車が光り、空想の景色を遮る。頭に鋭い痛みが走る。脳が膨らみ頭の神経を押し潰すような激痛が襲う。

耐えきれなくなり、椎也はキーボードから手を離し、頭を押さえる。頭の疼《うず》きが全身に広がる。いつ果てるのか、いつ終わるのか。この呪いはいつ解けるのか。誰もいない部屋で椎也は頭を抱える。

椎也524日　楓186日

秋が深まった週末、楓の自宅を訪れた。訪れたというか呼び出された。

『今日なら父さんがいるから』

午前中に楓からメッセージが届いた。父親が空き巣についてなにか隠していると言った母親の言葉を楓は気にしている。

ドアが開いて、休日の楓が出てきた。グレーのブラウスに薄い色のロングスカート。リビングのラウンドソファにリラックスした楓の父親が座っていた。椎也を見ると慎次が不審な表情を一瞬したが、娘の友人を迎える顔へすぐに切り替える。瞳は不在のようだ。

「テーマパークの優待券、ありがとうございました」

椎也が礼を言うと、楽しかったのなら良かった、と慎次が型どおりの笑みを返す。

楓が紅茶を持ってきた。椎也は対角のソファに座る。

「この部屋から空き巣が入ったんですよね？」椎也は窓を見やる。

「また、それか？　この前話したじゃないか」慎次がやたら明るい調子で応える。

「そうでしたね」

「そうそう、君ももう探偵ごっこなんてやめて高校生ライフをエンジョイするといい。楓が変なことを頼むから、椎也くんが困っているだろ」

慎次がわざとらしい笑顔を向けると、楓が顔を背ける。楓の顔には父親への疑念が刻まれている。

椎也はリビングを見回す。大型液晶テレビに、背の高い木製スピーカーが並ぶ。

「すごいオーディオ設備ですね」椎也は感心したような声を上げる。

「わかるかね。仕事柄、発売前のサンプル音源をもらうことが多い。昔から音にはこだわっていて、独身時代はケーブルから電源まで音に関係しそうなものはなんでも吟味したものだよ」

「レコードも聴くんですね」

椎也は立ち上がり、オーディオラックに鎮座するレコードプレイヤーに近づく。学校以外で実物を初めて見た。

「CDは頭出しが便利だが、レコード盤に針を置く感触は捨てがたい」

「聴かせてもらっていいですか？」

「いいとも、いいとも」

趣味を披露できるのが嬉しいのか、警戒を解いた笑顔で慎次がラックに近寄る。

「どれがいい？」慎次がラックに並ぶレコードジャケットを指で弾く。

「詳しくないので、おまかせします」

慎次が一枚の盤をターンテーブルに載せ、針をそっと置く。

なにかを削るようなノイズのあとに、背高のスピーカーからジャズが聞こえてくる。

椎也はほとんど聴いたことがないのに空気を震わすレコードの音を懐かしく感じる。

心地よい音楽が流れているのに、楓の表情は晴れない。レコード談義よりも事件はどうなったの？という顔をしている。

「このレコードは？」

壁に掛かった一枚のレコードを椎也は指差す。かなり古そうなレコードジャケットが一枚だけ額に飾ってある。

「これは大変貴重な一枚だ。高名なジャズミュージシャンであるペニー・ミラーがニューオリンズのスタジオで録音した盤だ。彼は稀代《きだい》のトランペッターだったが、精神を病み、この演奏の一ヶ月後に亡くなった。音楽会社へ売り込むために何枚かの盤が焼かれたが、マスターテープはレコード会社のミスで消去されてしまった。その伝説のセッションを録音した貴重なレコードが、これだ」

黒人男性がトランペットを吹く姿が大写しになったジャケットを椎也は改めて見上げる。

「下世話ですが、いくらですか？」

「気になるかね。私が手に入れたときも高かったが、今はさらに値が張るらしい。数が少ない超レア物だからな。最近は人気が上がっていて三桁の値段で取引されているようだ」この手の質問には慣れているのだろう、慎次が流暢《りゅうちょう》に答える。

「それはすごい」椎也は大げさに驚く。

父の自慢話を聞き飽きているのか、楓が大あくびをする。

「空き巣犯はどうしてこのレコードを盗まなかったのでしょう」

自慢げな表情を引っ込めて、警戒ランプが点灯した顔を慎次が椎也に向ける。

「犯人はこのレコードの価値を知らなかったのだろう」

「そうかもしれません。でも、調べればすぐにわかります」

手元のスマートフォンで検索した情報を慎次に見せる。買取価格は三百万円とある。

「空き巣に入って、レコードの価格など調べる暇なんてない」

「なにも盗まれなかったと先日おっしゃっていましたよね。犯人はレコード盤の価値を知らなかったかもしれませんが、金目のものがなかったら、飾ってある高そうなものを手当たり次第持って帰りませんかね。だけど、空き巣の被害はなかった。レコード盤はそのままだし、盗まれた金品も皆無だ。空き巣犯が金銭目的で侵入したとは考えづらい」

「金が目的でないなら、なにが目的だ？」良き父親の仮面を外し、慎次が椎也を睨む。

「わかりません」正直に椎也は答える。「犯人が残したハムスターのイラストをじっと見つめていたお父さんなら心当たりがあるんじゃないですか？」

「そんな絵のことなんて知らない」慎次が手を左右に振り、露骨に嫌な顔をする。

「他の被害者をご存じですか。この空き巣犯は他に二軒の家へ侵入しています。同じタッチのハムスターのイラストが落ちていたので同一犯なのは明らかです。他の被害者と話せば、犯人の動機がわかるかもしれない」

「知らないと言っているだろ！」

「父さん、本当に知らないの？」黙っていた楓が口を開く。

「イラストの作者も他の被害者も知るわけないだろ。楓、もう犯人捜しなんてやめなさい。犯罪に巻き込まれるぞ。パパは心配だ」

高級スピーカーから流れる音色が空《むな》しく聴こえる。

「心配？」楓が顔をしかめる。

「そうだ。父親が娘を心配するのは当然だろう」

「娘が心配なら、もっと早く帰ってきて！　母さんとも仲良くしたら！」

そう言い放つと、楓は椎也の手を引き、二階にある自分の部屋へ駆け上がる。

「ありがとう、コナンくん」自分の部屋で楓が椎也に礼を言う。「レコード、よく気づいたね」

「目についたから適当に言っただけだ」

「犯人の動機はお金ではないということ？」

「犯人はなにか別のものを探していたのだと思う。この家では目当てのものが見つからなかったので他の家にも侵入した」

「なにを探していたのかな」

「わからない。他の家で金品が盗られた報道もない。被害がないということは空き巣に入った家々で金品以外のなにかを犯人は探したんだ」

「さすがね、大きなコナンくん。貴重な時間を推理に使ってくれてありがとう」

「俺は現役の高校生だから江戸川《えどがわ》コナンではなくて、工藤新一《くどうしんいち》のほうじゃないのか？」

薬を飲んでいないのに身長ではなく寿命は縮んでいるが。

「それに、貴重な時間なのは俺よりあんたのほうだ」彼女のほうが余命は短い。「あんたの命日は来年の四月二十九日、あと百八十六日しかない」

「よく覚えているね」

スケジュール帳に書き込まなくても覚えている。自分の命日は再来年のエイプリルフールだ。

「俺はあんたのお父さんの言うことに同感だ」

「えっ？」

「犯人捜しなんてやめて、悔いのないように残りの時間を自分の好きなことに使ったほうがいい」

「ご心配なく、わたしは自分が一番やりたいことを今もしているし、それ以外のことをするつもりはない。だから、これからも犯人捜しに協力して」

空き巣犯を見つけて盗まれたものを取り返すのが一番やりたいことなのか。

椎也は本棚を見る。この部屋から盗まれたのは、勝田敦の著作の隣にあった封筒だ。

「犯人は本棚から封筒を持ち去った。つまり、犯人が探していたのは、封筒に入るようなものということだ。盗まれた封筒の中身をそろそろ教えてもらえないか」

椎也の問いに、楓の目が泳ぐ。人に言えないようなものが入っていたのか。

「絵よ」楓がうつむく。

「絵？　ピカソが描いた？」

「わたしが描いた」

楓が自分で描いた絵。母親である瞳が、楓は絵を描くと言っていた。

「どうして犯人は、その絵を盗んだんだ？　高値で売れるのか？」

「売れない売れない。賞をとったこともないんだから。母に無理やり習わされて描いていただけ」

「それでも、その絵が大切だから取り返したいんだろ」

「わたしにとっては、とても大事な絵なの」楓が真顔で言う。

「気持ちはわかる。自分も原稿を盗まれたら必死で取り返そうとするだろう」中学の時、不良に燃やされた原稿を思い出す。「わかった、犯人捜しにこれからも協力する」

「ありがとう。お礼に欲しいものはない？」

「欲しいもの？」

「ものじゃなくてもいいよ」楓がいたずらめいた笑みを浮かべる。

「……ちょっとトイレ」

椎也は逃げるように部屋を出る。

廊下へ出ると、楓がついてこないのを確かめてから、隣の部屋の前に椎也は立つ。初めてこの家を調べたときに、犯人は入らなかったと言って、楓が見せなかった部屋だ。この部屋になにか秘密があるように思う。音がしないようにゆっくりとドアノブを回す。

部屋はがらんどうだった。楓の部屋と同じ造りだが、家具はなく、部屋の中央にはイーゼルが立っていて、真っ白なキャンバスが置いてある。その周りには油絵の具、パレット、絵筆がある。画家さえいれば、今すぐに描きはじめられそうだ。これが楓のものなら、さっきは親に無理やりやらされていたと言っていたが、描きたい気持ちがまだ残っているに違いない。

この前、この部屋を見せなかったのは、絵を描くことを知られたくなかったからか。創作を他人に言いたくない気持ちもわかる。自分も小説を書くことを隠していたから。

盗まれたものは自分が描いた絵だと楓は言っていた。今でも絵を描くのか知りたかったが、自分からは楓に訊かないと決めて、椎也は楓の部屋へ戻った。

犯人に近づく手段がないまま、時が進み、余命は減っていった。

年を越した。年が改まると、死の気配が一気に増した気がした。年内に楓は死に、来年椎也も死ぬ。命が縮んだことを知らせる正月を祝う気分にはなれなかった。

一月中旬に作家の勝田敦から連絡があった。前回の訪問が喧嘩別れに終わり、二度と会うことはないと思っていたので意外だった。連絡先はミナモトに聞いたそうだ。電話で話すのが苦手だというので、勝田のアパートへ赴いた。

椎也はひとりで勝田の部屋のドアをノックする。

「この前は悪かったな」

出てきた勝田は髭もじゃ長髪と風貌に変わりはないが、髪も髭もこの前より伸びておらず、状態を維持している。彼としてはこれがベストだと思っているようだ。

「今日はひとりか。恋人はどうした」

「たまたま余命が短い者同士だっただけで、恋人じゃないです」

「運命的な出会いなのに、もったいない」

勝田の部屋はさらに混迷を深めていた。カップ麺の上にカップ麺、吸い殻たっぷりの灰皿の上に灰皿が置かれて、ゴミが地層化している。ただ、部屋の中央にちゃぶ台が地動説の太陽のように坐《ざ》していのは変わらない。

「書いているんですね」

太陽系の彼方の位置にあった文机からちゃぶ台の上に原稿用紙が移動していた。丸められた原稿用紙が部屋の一隅に小惑星みたいに群集している。

机の横に積まれた本を漁り、プリントした用紙を綴《と》じた薄い冊子を勝田が取り出す。

「読んだよ」

勝田が冊子を掲げる。表紙には椎也がよく知る題名が書かれていた。

「知り合いの編集者からおまえが賞をとった原稿のコピーをもらった。良かったよ。荒削りだが、訴えるものがある」

どきりとした。自分が小説を書くきっかけになった勝田敦に自作を読んでもらい、評価してもらえるなんて。

スーパーのレジ袋からオレンジジュースの缶をがさがさと取り出し、勝田が椎也に手渡す。オレンジジュースとは子供扱いするなと思ったが、勝田自身も同じ缶のプルトップを開け、豪快に飲み干す。そう言えば、心と筆が乱れるから酒は一滴も呑まない、と風貌とは似合わない発言を雑誌でしていた。

「今も書いているのか？」

「事故に遭ってから書けなくなりました」

「事故？」言い方が気に入らなかったのか、作家としての嗅覚がなにかを察知したのか、勝田の太い眉が眉間に渓谷を作る。

「賞をもらったあとで、暴行に遭いました。歯と片方の腎臓を失い、腰椎と肋骨が折れました。それから小説を書くために空想の世界へ入ろうとすると、歯車みたいな光が現れ、頭痛が起こるようになりました」正直に椎也は話す。

「閃輝暗点か。脳は大丈夫なのか」

「症状名をよく知っていますね。精密検査を受けましたが、原因は不明でした」

「おまえ、芥川龍之介《あくたがわりゅうのすけ》の『歯車《はぐるま》』を読んだことあるか？」

「いえ。『羅生門《らしょうもん》』や『藪の中《やぶのなか》』は読みましたが」

「読んでみるといい、『歯車』に物語という物語はない。主人公が黒いレインコートを着た幽霊を見かけ、他にも様々な幻影に遭遇する。その主人公が歯車のような光を見たあと、強烈な頭痛に襲われる」勝田が椎也に尖った目を向ける。

自分と同じだ。

「結末はどうなるのです？」

言いづらいのか、勝田が缶ジュースをもう一本飲み、しばらく間を空ける。

「作者の芥川には閃輝暗点の持病があった。芥川を擬する主人公の小説家が、自分は書けなくなった、誰か自分が眠っている間に絞め殺してくれないかと言って終わる」

小説を書けないから、絞め殺されるのを望む。自分も書けず、そしてもうすぐ余命が尽きて死ぬ。読んでいない小説の描写が恐ろしくリアルに感じられる。自分の死因はわからない。まさか自分は誰かに絞め殺されるのか。どうやって死ぬのか考えるほうが死そのものよりも恐ろしい。

「そして『歯車』を書き上げてから数ヶ月後、芥川は自殺した」勝田が大きく息を吐く。比べるのもおこがましいが、芥川も自分も小説を書くという共通項がある。「おまえが芥川と同様の結末を迎えるとは思っていない。ただ、あの侍の言葉が正しければ、おまえの余命は短い」

椎也は言葉が出なかった。

「芥川ではないが、作家の活動には狂気が含まれている。ここにいない人を作り、ここにない世界で動かす行為は人の所業では本来ない。多くの人はそんなことをしなくても普通に生きていられる。小説家は書きたいから書くのではなく、書かずにいられないから書くのだ」

「勝田さん、あなたはその小説家そのものですよ」

「否定はしない。書かずにいられないはずなのに、なんやかんやと理屈をつけて逃げていた。おまえの作品を読んで考えが変わった。下手くそだったが、本当に自由だった。俺が悩んでいた正しさの檻《おり》とは無縁だった。ああ、これでいいんだ、昔はそうやって俺も書いていたんだから。残り短い時間を最後の小説に賭《か》ける気になった」

「勝田さん、自分の余命が短いことを受け入れるのですね？」

「ガキのおまえらが納得しているのに、俺がぎゃあぎゃあ騒ぐのは大人気ない。あいつに言っておいてくれ」

「あいつ？　ミナモトですか。自分で言えばいいのに。喜びますよ」

「あいつは好きじゃない」

「余命を受け入れたら、願い事がひとつ叶えられますが、どうします?」

「そうだな、おまえらと焼肉が食べたい。大抵のことはひとりでできるようになったが、焼肉を食べることだけは、どうしてもひとりではできない」

「そんな願い事なら死神に頼まなくても叶えられますよ」

椎也は苦笑する。

椎也432日 楓94日

冬の寒い日、まずは業者並みの清掃からはじめた。プールへ行ったメンバー四名がマスクと使い捨てゴム手袋を装着して、勝田宅へ突入した。

「肉を食べたいと言ったが、掃除してくれとは頼んでないぞ」勝田が腕を組んで不満を表す。

「こんなところで、まともな食事はできませんよ。必要なものは押入れにしまってください。床に置いてあるものは全部捨てます」

勝田が資料や原稿を慌てて押し入れに上げる。

分別しながら、袋にゴミを次々と詰めていく。いっぱいになった袋は圧縮して、アパートの外廊下へ出す。

「アパートの住民から苦情が出るぞ」

「大家さんと住民の皆様には事前に挨拶をしてお肉をおすそ分けしてあります」白い防護服に全身を包んだ紬が言う。

「手際がいいじゃねえか」

一通りゴミを外に出すと、畳の乾拭《からぶ》き、窓拭き、水回りの掃除を各自で分担する。とろけた葉物が冷蔵庫から出てきた以外に大きなトラブルはなく、掃除は完了した。

「すげえな。俺の部屋じゃないみたいだ」勝田が感心する。

続いて、角型の巨大な七輪を晃弘がちゃぶ台に載せる。

「吸煙装置を内蔵した業務用七輪です。狭い部屋で使うのは気が引けますが、炭火で焼くと肉は何倍もおいしくなりますので欠かせません。もちろん、大家さんと隣人の方には了承を得ています」紬が手抜かりなく話す。

様々な肉を並べた皿をちゃぶ台に寄せた文机に並べる。

「A4とA5の国産牛です。全国の産地から取り寄せました。尾崎《おざき》牛、但馬《たじま》牛、山形牛。部位もいろいろですよ」紬が肉をひとつずつ説明してくれる。

「これは？」スライスした白っぽい楕円の肉を椎也が指す。

「牛の睾丸《こうがん》です。アメリカではロッキーマウンテンオイスターといって油で揚げます。コリコリして楽しい味です。国内で入手するのは大変なんですよ」紬が自慢げに語る。

隣にいる晃弘の顔が引きつる。

「愉快な仲間がいるな」勝田が椎也の肩を組む。「とにかく食べよう。腹が減った」

七輪の炭に火をつけると、吸煙装置の効力も虚《むな》しく、狭い部屋は煙に包まれた。たまらず窓とドアを開ける。アパートが失火したと近所の人が勘違いしないか心配になる。

煙の中で、多種多様な肉と野菜を紬が七輪に投入する。よく煙くないな、と涙目で彼女を見ると、掃除の時に使っていたゴーグルを装着して、肉をひっくり返していた。

「焼くのを手伝おうか？」椎也が言うと、晃弘がすぐに制する。

「手を出すな。彼女は焼肉奉行なんかよりはるかに上位な焼肉将軍だ。手を出すとお家お取り潰しに遭うぞ」晃弘が怯《おび》えた顔をこちらに向ける。

「静かにして！　肉の焼ける音が聞こえない！」真剣な顔で肉を凝視していた紬がふたりを叱る。

焼けたのを確かめると軽く頷き、紬がみんなに次々と肉を配りはじめる。

「うまい」

「なにこれ、最高」

「耽美《たんび》な味だな」

全員が肉の味を絶賛する。どれも食べたことがないほど美味で、バラエティー溢《あふ》れる食材を使った焼き肉は、過去最高と評しても言い過ぎではない。

椎也と勝田が競うように肉を食べ、楓も嬉しそうに肉を頬張っている。言葉を発することに口を使うのが惜しいとばかりに、みんな無言で食べ続けている。晃弘だけが一口食べる度に感想を紬に報告していた。

たくさんあった食材が若人と中年作家の胃袋へ瞬く間に収納された。七輪の火を消すと、細い煙が線香のように一本立ち上る。

「こんなすげえ焼肉を初めて食べた」勝田がしみじみと言う。

「恐縮です」紬が満足げな顔をする。

「紬さん、俺が一番食べたから多く払うよ。これだけの肉を買ったらすごい出費だろ」

椎也が財布を出そうとする。

「勝田さんが全額払ってくれました」

「大丈夫なの？」

楓が部屋を見回す。金目の物はなく、生活に余裕があるようにはとても思えない。

「元ベストセラー作家を舐めるなよ。おまえらに焼肉を食わせるぐらいの蓄えはある」

勝田が豪快に笑い、缶ジュースを飲み干す。「オレンジジュースが切れたな」

「俺、買ってきますよ」

椎也は立ち上がり、部屋を出る。

煙から解放されて、一月の冷たい空気を深く吸うと、肉の臭いが鼻についた。自分の体に臭いが染みついている。この臭いをおかずにしばらく飯が食べられそうだ。

「おい」

服の袖の臭いを嗅いでいたら、背後から声を掛けられた。勝田だ。上着をはおらず、毛玉がついたセーターを着ている。

「タバコを喫《す》いたくなってな」

「部屋で喫えばいいじゃないですか。自分の部屋だし、あれだけ煙臭かったら、わかりはしませんよ」

「前途ある若者を肺癌に追い込むわけにはいかない」

そう言いながら、椎也と楓の余命に思いが至ったのか、タバコを咥えて勝田が神妙な顔をする。

勝田がアパートの敷地内に伸びる葉が落ちた細い木の下で、立ったままタバコを喫う。

「いい仲間だな」

「ええ。だけど小説を書くには、ひとりでいる時間も必要ですよね」

「そうだな」勝田が煙を吐く。「マイケル・コリンズを知っているか？」

「いいえ」

「月面に初めて到達したアポロ十一号のパイロットだ。コリンズは、乗務員の中で唯一、月に降りなかった。アームストロング船長たちが月面で歴史的な一歩を踏み出しているときに、コリンズは月の裏側を周回していた。すべての人類からもっとも離れた月の裏側に彼はひとりだった。そのときにコリンズはどう感じたと思う？」

「全人類の中でもっとも寂しかったのでは？」

勝田が首を振り、タバコの丸い火が左右に揺れる。

「コリンズは月の裏側で孤独ではなく歓喜を感じたそうだ。叫びたくなるぐらいの喜びに包まれ、寂しさなぞどこにもなかったそうだ。作家というのは空想の土地にひとりで入らないと書けない。そこは月の裏側みたいに遠く寂しい場所だが、作品が残せる歓喜の場所でもある」

新たなタバコに勝田が火を灯《とも》す。

「勝田さんは書き上げたのですか？　この前の小説」

「まだだ。だが、頭の中では最後までできあがっている」

「頭の中にあるうちは、すべて傑作」

「そのとおりだな」以前に勝田が言った言葉を椎也が口にすると、勝田が苦笑した。勝田が口から吐いた煙が、漂う肉の臭いを消し去る。「おまえらは、若いのに本当に余命が決まっているのか」

「俺たち全員が集団幻覚に罹《かか》っていなければ」

そうか、と呟いて、勝田が天を仰ぐ。

「俺が言うのもなんだが、短くても長くても隈《くま》なく生きることだけが、人間にできることだ。おまえは小説を書けよ。おまえにはその資格がある。閃輝暗点なのは同情するが、病気を言い訳にするな。漱石も一葉《いちよう》も病に苦しみながら書いた」

死が近づく短い時間の中で、なにができるか、なにをすべきか今まで考えてきたが、死の直前まで自分が書き続けるイメージは持っていなかった。死神に余命を告知されても、死はまだ遠かった。いずれ訪れる死の直前まで書き続ける、そして悔いない作品を後世に遺す。それが短い人生で自分がやりたいことだ。勝田の言葉によって、残りの時間で自分がやりたいこと、やるべきことがはっきりと見えて、視界がひらけた気がした。

しかし、書こうとすると生じる痛みに耐えられるだろうか。

「あの子はなにをしたいんだ？　たしか彼女のほうが余命は短いんだろ」

「空き巣犯を捕まえたいと言っています」

「はあ？」

椎也は、楓の自宅に空き巣が入ったこと、犯人が楓の部屋から彼女の絵を盗んだこと、彼女はそれを取り返したいと願っていること、犯人がハムスターのイラストを残したことを説明した。

スマートフォンに保存してあったハムスターの画像を勝田に見せる。

「これが犯人の残した絵か」勝田が画像を見るために目を細める。「この絵のタッチ、見たことがあるな」

「えっ？　どこでですか？」

「五年ぐらい前に知り合いの編集者に頼まれてコラムを書いたことがある。その挿絵のタッチが、この絵とよく似ている。おまえに連絡するようにその編集者へ伝えておく」

椎也は礼を言う。

一月の冷たい風がふたりの間を過ぎる。

自分に小説を書くきっかけを与えてくれた偉大な作家の顔を椎也は見る。

「書き続ければ、俺は作家になれますか」ずっと訊きたかったことを椎也は勝田に尋ねる。

勝田はタバコの火を消し、椎也の顔か、あるいはその先を見つめる。

「なれる。そのための唯一の道は書き続けることだ。どんなに苦しくても月の裏側みたいな場所で最後の一秒まで書き抜け」春がまだ遠い虚空の下で、勝田が続けた。「作家になるために必要なことがもうひとつある。多くの優秀な人間と一緒に仕事をすることだ。作家には月の裏側のような場所が必要だが、孤独は諸刃《もろは》の剣《つるぎ》だ。時に孤独は人を傷つける。そういうときは周りで助けてくれる人が必要だ。俺はそのことが長い間わからなかった。小説は作家ひとりが苦しみ、みんなを楽しませるものだと思っていた。

作家が物語を書くだけでは、良い作品はできない。編集者や様々な人の力が必要だし、なにより本を読んでくれる読者の存在が不可欠だ。読者が長い時間をかけて一文字ずつ読んでくれて、初めて小説に命が灯る。小説は多くの人と一緒に苦しんで、作り出すものだ」

勝田が印象深い笑みを浮かべた。

椎也411日　楓73日

勝田敦が亡くなったことを知ったのはそれから半月後だった。決して大きな記事ではないが、全国紙に『孤高の作家、孤独な死』の見出しで、過去の代表作が紹介されていた。死因は心不全。以前から心臓が弱っていたそうだ。彼の密葬は記事が掲載された時点ですでに終わっていた。

勝田は余命を教えてくれなかったから、こんなに早く亡くなるとは思わなかった。勝田は死神に聞いて自身の余命を知っていた。余命と体調を照らし合わせて、自分が心臓の発作で死ぬことも予期していたに違いない。椎也らを焼肉に呼んだのは最後の晩餐のつもりだったのだ。

勝田が書きかけていた原稿はどこへ行ったのだろう。あの時はまだ完成していないと言っていた。自分がもうすぐ死ぬのがわかっていながら誰にも話さず、ひとりで小説に向き合っていた。そんな辛く寂しいことがあるだろうか。そこは確かに月より遠い孤独な場所だ。

人生の先が見えてしまう恐怖を今初めて本当に知った気がした。短い人生では、為《な》すべきことが未完で終わる可能性もある。死期がわかっているほうが計画的に生きられると思ったことすらあったが、かつての自分の愚かしさを嘲《あざけ》りたい。

暗闇に続く崖に勝田が落ち、すぐ後ろに楓が続き、他の多くの人間と共に自分も並んでいる。勝田が落ちた崖に自分も少しずつ近づいている。そのうち崖の下にぱっくり開いた暗い海が見えてくる。そのとき、勝田のように自分は冷静でいられるだろうか。そんな余裕が自分にあるようには思えない。その時が近づくにつれて、焦り、混乱し、絶望し、憤り、時に喚《わめ》くだろう。

自分よりも楓の余命は短い。彼女の余命はあと七十三日しかない。彼女のほうが崖の近くに並んでいる。焦燥の時は彼女に早く訪れる。彼女の気持ちを考えると、自分のことよりも痛みは深く、辛い。

その日の夜、楓から短いメッセージが送られてきた。

『怖い』

彼女から初めてその言葉を聞いた。短い人生を悲観せず、残された時間を自分の好きに使おうと彼女は走ってきた。だが、勝田の死を目の当たりにして、椎也と同じように彼女もまた改めて想像したのだ。暗い海が待つ崖に向かって、否応もなく歩いている自分の姿を。

『すぐ行く』

椎也は返信すると、家を飛び出し、楓の街まで自転車で駆ける。時刻はすでに真夜中の領域に入っていた。二月の冷たい風がジーンズを突き刺す。

夜空は澄み渡り、そこにあると思えるほど星が近い。

海沿いの街に比べて、坂が多い楓の街は自転車には辛い。椎也は足腰に力を入れて、ボクシングで鍛えた筋肉を惜しみなく使う。

一時間後、楓と待ち合わせした店に到着した。この時間に開いていて、高校生が入れる店はファミリーレストランしかなかった。

すでに楓が来ていた。顔は青ざめていて、椎也が知っている中でもっとも死に近い表情をしている。

椎也を見つけると、楓が微かに表情を崩す。

ソファ席に座ると、すぐに中年の男性がお冷を持ってきてくれた。髭があるかどうか考える必要のないファミリーレストランの雰囲気によく合った没個性の店員だ。

「親は大丈夫だったか？」

こんな夜中に外出させてしまった。

「いないから」楓が呟くように言う。

知らないとはいえ、こんな日に娘を孤独にさせる楓の親に憤りを覚える。

「勝田さんが……」楓の言葉が重たく落ちる。「ミナモトさんが言うとおり、運命は変えられないのね」

すべてを諦めてしまったような冷たい息を楓が吐く。余命について楓は最初から信じていたように見えたが、心のどこかで嘘かもしれないと思っていたのだろう。だが、勝田の死に直面し、自分の余命が残酷な現実で、もうすぐ自分も亡くなることを思い知らされた。

「無理しなくていい」椎也は楓に言った。

いつもなら、無理なんてしていない、と言いそうだが、今日の楓は静かにこくりと頷いた。

「初めて会ったときから、君はずっと気丈にしていて、余命が短くなっても気にしていないようだった。告知されたばかりの頃は辛かっただろうけど、出会った頃には克服していたように見えた。でも、そんなことあるわけがない。君の残りの余命は二ヶ月だ。冬が過ぎて、桜が散る頃には……」椎也は息をつく。「だから、無理をしているのはわかっていた。本心を伝えられる相手がいればいいが、誰かに余命を教えれば死神に殺されるから、俺にしか話せない。俺だけが君の辛さを知っている」

椎也は楓を見る。楓もこちらを見ている。

「そこまで言われるとちょっと悔しい。でも、そのとおり、椎也くんにしかわたしは話せない」楓の声が小刻みに震える。

「だから無理しなくていい。俺になんでも話せばいいし、どんな感情でもぶつけて構わない。すべてを受け止めるから」

「ありがと。今までも椎也くんには助けてもらっている。椎也くんと一緒だから犯人捜しを続けていられる。自分ひとりだったら、もうとっくに諦めていたかもしれない」

「これからもっときつくなるときが来ると思う。残念ながら行き先は決まっているけど、それまで少しでも穏やかでいられるように、俺にできることがあったら、なんでも言ってくれ」

「わかった。じゃあお願いがある。椎也くんが新しく書いた小説を読ませて」

楓が真剣な眼差《まなざ》しを向ける。

書きたくても発作が邪魔して書けないと言いそうになったが、楓の顔を見たら言葉が出なかった。

「わかっている、今は病気で書けないのは。でも、書きたい気持ちは持ち続けてほしい。椎也くんが書いている姿を想像できれば、余命が短くなる恐怖ともわたしは戦える」

楓の唇が震えたように見えた。

「わかった、約束する。完成したら真っ先に君に読んでもらう」

「よかった」今日初めて楓が笑う。「それでも辛くなったら、真夜中に電話するし、学校でハグするからよろしく」

「できることの上限はおいおい決めるとして、そろそろ注文しないか。ウェイターの無言の圧力に耐えられなくなってきた」

お冷を持ってきたウェイターがこちらをじっと睨んでいる。

「了解。なんでも頼んでいいよ。ブルジョアジーの娘が奢るから。そうだ、死ぬほど注文しない？　夜中に食べると太るとか、深夜料金が掛かるとか忘れて」

「いいね」

ふたりで様々な料理を注文した。普段注文しないようなメニューも試した。今度は注文が多すぎて、食い逃げするのではとウェイターが不審な表情をする。

テラ盛りポテト、きまぐれシェフのおまかせサラダ、チーズインチーズハンバーグ、ふわふわ卵のオムパスタカレー、十五種類のチーズを載せたピザ、スペシャルチョコレートパフェ花火付き、まるごとティラミス。

次々と運ばれてきた料理がテーブルを埋め尽くす。

ふたりは食べた。手と口を動かし、必死で食べた。「生きるために食べよ、食べるために生きるな」とソクラテスは言った。余命まできちんと生きるために自分らは食べ続ける。

すべて完食した。

「お腹《なか》いっぱい」

「喉までいっぱいだ」

ふたりは顔を見合わせて笑った。

椎也396日 楓58日

ファミリーレストランで楓と会った二週間後、編集者の田崎《たさき》から椎也の携帯に連絡があった。

「この前はありがとう。もう大丈夫だから」待ち合わせに向かう道で楓が話す。「もう勝田さんに会えないのね。残される身は、こんなに辛いんだ」

楓が寂しげな声を出した。

「それでも、残りの時間を犯人捜しに充てたい?」

「決めたことだから」

楓が思いつめた顔をするが、どこか吹っ切れたようにも見える。

ふたりで純喫茶カトレアへ入る。

「本当に残念です」三十代後半に見える田崎がため息をつく。

サイフォンで淹れた特製コーヒーを髭さえあれば完璧なマスターが運んでくれた。

「突然でした」

余命の存在を知らない者からすると、死は常に唐突だ。

「心臓が悪いとは聞いていたのですが。本当に惜しいことをしました。勝田さんのような豪胆な作家はいませんから。少し前は、まったく筆をとりませんでしたが、最近は新作の執筆に取り組んでいて、創作意欲が戻ってきたと喜んでいたところでした。取材のために原稿料の前借りをして、鬼気迫るものがありました」

原稿料の前借り。焼肉パーティーの資金に使ったのか。蓄えがあると言っていたが、死期が近いのに見栄《みえ》を張り、豪快に笑う勝田を思い出す。作家の凄《すご》みと哀しみを感じる。

「あなたたちは勝田さんとはどうやって知り合ったのですか」

「高校の小説サークルに講師として来ていただきました」

楓が真顔でいけしゃあしゃあと嘘をつく。余命や死神について言及するわけにはいかないから、仕方がない。

「はあ、勝田さんがそんなことを……。意外です。勝田さんが亡くなったときに知り合いの方々に連絡しようと思ったのですが、生前勝田さんに止められていましたし、ご家族もいないので、僕と馴染《なじ》みの編集者だけで葬儀をあげました。勝田さんとは、自分が駆け出しの頃からの知り合いでした」

「勝田さんは怖くなかったですか？」楓が尋ねる。

「最初は口もきいてくれませんでしたよ。無名に近い作家の名を知っているかと訊かれて、読んでいないと答えると、そんな不勉強な編集者とは話せないと怒鳴られました。でも、悪い人じゃなかったですから、こちらがきっちり勉強すれば認めてくれるようになりました。五年前になるかな、駄目元でコラムをお願いしたら書いてくれて。短いものでしたが、どこにも緩みがない、さすが勝田敦という文章でした」

しみじみと話して、田崎が特製コーヒーを飲む。おいしいですね、この店、と感想を付け加える。

「そのコラムに使われた挿絵のタッチがこの絵に似ているのですよね」

椎也がスマホの画像を田崎に見せる。

「どうですかね」

そう言うと、田崎が鞄から週刊誌を取り出す。昨今の言葉狩りを軽妙洒脱に皮肉る勝田の文章の中央に足を鎖に縛られたカバの絵がある。太い線で描かれたカバは、ハムスターのイラストと似ている気もするが、よくわからない。

「犯人が残したのと同じ作者の絵ね」楓がすぐに断言する。さすが画商の娘。「このイラストレーターの連絡先を教えてもらえますか？」

「それが……、聞かれると思って調べたのですが、わからないのです」

「わからない？　報酬の振込先とか、残っていないのですか」

「ネット経由で仕事を依頼するサービスを利用しまして、相手の顔も本名もわからないのです」

フリーランスに仕事をダイレクトに依頼できる、そういうサービスがあると聞いたことがある。

「そのサイト経由で連絡が取れるのでは？」

「さっきそのサイトを久々に訪問してみたら、すでに閉鎖されていました」

ネットサービスは迅速さが売りだが、儲《もう》からないと撤退も早い。

「どうして犯人はこのイラストレーターの絵を被害者の家に置いていったんだろう」

田崎が仕事の電話で席を外すと、楓が椎也に尋ねた。

「犯人がイラストレーターに罪を被せようとした？」

「イラストを描いた人物が判明しなければ罪を被せられないよね。勝田さんがいなければば、わたしたちも、このイラストレーターにたどり着けなかった。事件の続報がないから、警察もイラストの作者を特定できていないと思う」

「犯人がこのイラストレーターかもしれない。このカバと同じタッチのハムスターの絵を描いて、被害者宅に残してまわった。でも、どうして犯行の証拠になる自作の絵をわざと残したのか」

「被害者に自分の犯行だと伝えたかったとか」

「なるほど。そうだとすると被害者たちは犯人が誰か知っているはずだ。知らない人に自分の犯行だと伝えることはできない。犯人は三軒の家に侵入し、金銭ではなく、封筒に入るなにか別のものを探していた。そして、自分の犯行だと伝えるために、ハムスターのイラストを残した。被害者の三名はこのイラストレーターと知り合いだと思う」

「尋ねても父さんは教えてくれないだろうから、他の被害者の名前を警察に訊いてみる」

「教えてくれるか？」

「わたしも被害者だから。被害者同士で情報共有したいと言えば教えてもらえると思う。任せて」

楓が言うと、田崎が戻ってきた。

「勝田さんの作品は完成したのですか」ずっと気にしていたことを椎也は質問する。

余命が尽きようとする中で勝田は書き続けていた、文字どおり命を削って。その作品が完成したのか、未完に終わったのか。

「勝田さんは今時珍しく手書きでしたので、最終稿が郵送で編集部に届いています。消印は勝田さんが亡くなる前日でした。本当の遺作です」

自分の残りの余命を確かめながら、勝田は計画的に書いていったのだ、死ぬ前に完成するように。

「校正はどうしたのですか」

「すでに校了しています。生前のうちに、勝田さんと打ち合わせを重ねて、書きはじめたあとは何度も原稿をやりとりして、改稿を繰り返してきました。今後は装丁などを進めて、今年の秋には出版できると思います」

今年の秋。

「楽しみです」

楓が笑顔で言う。勝田の最新作が本屋に並ぶ頃、楓はもうこの世にはいない。

「全国中高生小説コンクールで最優秀賞を受賞されたんですよね」

「ええ」

「勝田さんが言っていました。小説を書いている高校生がいる。まだまだ未熟だが、磨けば光るかもしれないから、新作ができあがったら読んでみてくれって。勝田さんが他人を褒めるのは珍しいですよ。僕なんて、一度も褒められたことがありませんから」

田崎が過去を懐かしんで寂しげに笑う。

勝田が自分のことを気にかけてくれていたとは驚きだ。

窓の外では雨が降りはじめていた。そのうち一雨毎に暖かくなっていく。春が来たら、勝田に続いて楓の余命が尽きる。


母が夜勤で不在の夜、食卓でノートパソコンを開く。明滅するカーソルに合わせるように呼吸を整え、肩の力を抜き、キーに触れる。

閃輝暗点の発作がはじまる恐怖が指先に伝わる。画面に火花のようなものが見えた気さえしてくる。椎也は息を大きく吸い、目を閉じる。瞼の先にファミリーレストランで会った楓の姿と彼女の言葉が浮かぶ。書きたい気持ちは持ち続けてほしい、と彼女は言った。自分の小説を待ってくれている人がいる。そのことが冷たい恐怖を溶かして指先を温めてくれる。椎也は再び目を開ける。火花は散り、恐れていた光る歯車は現れず、視界はひらけている。

文字を打ち、言葉に繋げる。どんな文章を書くか定まっていない。今は言葉を残すことに集中する。痛みはどこからも生じない。書ける、書けている。

盗作と中傷されて、少しでも早く新作を書かないといけないプレッシャーの中で焦っていた中学時代を思い出す。あの時は書くことが苦しかった。だけど、今は違う。書けることが嬉しい。連なった言葉が物語の外枠をせっせと作りはじめる。その枠の中で新しい物語が生まれる予感がする。

物語はまだ明確に定めることができない曖昧な状態で、直線的な言葉で表現しようとすると潰れて消えてしまいそうだ。柔らかい言葉で包むように表そうと試みる。だけど、言葉が足りない、書く技術が衰えている。自分が読んできた幾多の名作と比較にならないほど文章が醜い。それでも、自分は書く。言葉を打ち、カーソルを動かし、心を動かす。

一心不乱に書いた十三歳の夏を椎也は思い出す。まだ子供だったし、言葉もろくに知らなかったが、あの時は情熱があった。あの事件により、その情熱はギザギザの歯車に閉じ込められたと思っていた。だけど、今はその歯車が見えない、頭も痛くならない。椎也は徹夜で書き続けた。窓の外が明るみ、朝が訪れたことがわかった。できあがった物語の冒頭を椎也は読み返す。まだまだ荒削りだし、矛盾点も多い。だが、物語はまだはじまったばかりだ。一晩の睡眠に見合う確かな満足感を椎也は受け取る。

椎也はほっと息をつき、昨日の楓を思い出す。彼女が元気になったのは、よかった。だけど、楓を追い詰めている余命の存在はなにも変わっていない。

なにが善行を施したから、特別に余命を教える、だ。これは呪いだ。わずかな人生でも知らなければ、その時が来るまで普通に過ごせる。終末を知ってしまえば、人は狼狽《うろた》えるしかない。

「勝田殿を説得してくれて、助かったでござる」

振り向くとミナモトの姿があった。

「いつも突然だな。あんたは未来がわかるのだから、俺がなにもしなくても、自分でなんとでもできただろう」

ミナモトはすべてを知っていた。勝田の命日はもちろん、彼がどうやって死ぬかも、自分を勝田の許《もと》へ行かせたらどうなるのかも。勝田を説得できると承知の上で、ミナモトは依頼したのだ。人間たちがどのように行動するかすべてを知り、結末がわかっている映画を観るような気分で空から眺めていた。

「それは無理でござる。自分が関係することはわからん。願い事以外で、拙者が其方たちの運命を変えることはできない。だから、椎也殿の助けが必要だったのじゃ。おかげで勝田殿は無事に余命を全うできた」ミナモトが満足げな笑みを浮かべる。

「無事に？」

椎也は立ち上がり、眉間に皺《しわ》を寄せてミナモトを見下ろす。彼の顔を見ていると、小説を書けた安堵は消え、怒りがこみ上げてきた。

「人の死をなんだと思っているんだ。あんたは自分の仕事が終わってよかっただろうが、死んだ人の気持ちは、残された人の気持ちは、どうなるんだ。短い余命を教えるなんて残酷な真似がよくできるな」

「おかしいでござるな」ミナモトが腕を組み、首を捻《ひね》る。

「なにがだよ？」

「椎也殿は最初に会ったときにすぐに死んでも良いと言っていたと記憶しておる。楓殿に余命を全部あげると。それなのに今は余命が短いことに憤っておる」

そうだった。あの時の自分は無知だった。なんでもわかっているつもりでいて、なんにもわかっていなかった。

「気が変わった」

「どうして心変わりを？　侍は一度口に出したことを容易に曲げないでござる」

「俺は侍じゃない。昔は侍だったあんたも今は死神で人の死を司る。人が右往左往するのを眺めて楽しいのか？」椎也は侍姿をしたミナモトを睨みつける。

「拙者が好きでこんなことをしていると、お思いか？」ミナモトが悲しげな顔をする。

初めて見る顔だ。

「自分で志願して死神になったわけじゃないのか。じゃあ、なんでこんなことをしている？」

「務めだからじゃ」ミナモトが誇らしげな顔を見せる。「拙者は会津《あいづ》藩の侍だった。戊《ぼ》辰《しん》の戦で薩長《さっちょう》に負けて拙者は死んだ。殿には相すまないことをした。だから今度の務めは死ぬ気で行いやり遂げると心に決めておる。今の時代の言葉でいえば、死神業は生きがいじゃ」

「死んでるのに生きがい？」

「人はなにかを求めるか、求められないと生きていけないものじゃ」

生きがい。自分にとってそれは小説の執筆だ。楓にとっては？　空き巣犯から自分の絵を取り戻すことか。楓の家で見た真っ白なキャンバスを思い出す。盗まれた絵はあの部屋で描かれたものだろうか。

「さて、椎也殿、願い事は決まったでござるか？　そろそろ決めてもらわんと困るのじゃが」

「ミナモト、勝田さんの願い事はなんだったんだ？」

「それは企業秘密でござる」

「あんたは企業じゃないだろ。でも、勝田さんは亡くなる前に願い事をしたんだな。よかった」

「どうしてわかったでござる？」

「願い事をしていないなら、していないと言えばいい。願い事をしたから内容が秘密になる。その願い事は叶えられたのか」

ミナモトが無言で首を振る。

まだ叶えられていないのか。願い事が叶う前に亡くなったのか。世界平和とかそういう自分が亡き後の人類のために願い事を使ったのかもしれない。

「俺の願い事はまだホールドで」

「また、ホールドでござるか。結びの挨拶みたいなものか？　ダウトと言いたいところじゃが、仕方がないのう」

ダウトの使い方が間違っている。

椎也361日　楓23日

四月。現代文の授業が終わると、新年度になっても変わらず担任の明石先生が話しかけてきた。

「荷物を準備室まで運んでもらえる？」

森鷗外《もりおうがい》の顔写真のパネルを先生が椎也に手渡す。新しい作家を紹介する度に、先生は作家のパネルを持ってくる。作品の解説に必要ないと思うが、授業は掴みが大事なのよ、と以前言っていた。

「どうだった、今日の授業」

「個人的な好みを言わせてもらえば、鷗外より漱石が好きです」

「教材は選べないのよね」教科書を小脇に抱えた明石先生が唇を曲げる。

「書きはじめました」

明石先生が嬉しそうな目で椎也を見る。

「そう！　良かった。私ね、他の生徒に薦めるぐらい、あなたの小説が好きなのよ」

「遅くなりましたが、完成したら宿題を提出しますから、読んでもらえますか」

「是非是非。私は何番目？」

「俺を除けば二番目ですかね」

「ふうん、二番目ね。一番目が誰かは聞かないでおく」先生がほくそ笑む。

「先生は小説を書かなかったのですか?」

「国語の教師をやっているぐらいだから当たり前だけど、もちろん書いたわ。でも、自分は書き続けられなかった。書き続けられる人はそれだけで才能があるのよ」

自分の過去を吹いて流すように、先生が軽くため息をつく。

「俺の知っている作家が、書かざるを得ないから作家は書くのだと言っていました」

その作家は亡くなってしまったが。

「私は書かなくても平気だったから、消えかけている文学のともし火を若い人に分け与える仕事に就いた。どこまで貢献できているかわからないけど」

休み時間の廊下で騒ぐ学生を先生が見やる。

「また、書かないのですか?」

椎也の質問に先生は親指で顎を押しながらしばらく考える。

「他人の夢を見守るのもいいものよ、特に若い人の夢はね」

先生が優しい笑みを浮かべた。

椎也359日　楓21日

徹夜で小説を書いた。今書いているのは、自分を題材にした話ではないし、主人公も自分じゃない。おかしな侍は、もちろん出てこない。だけど、自分のことを語らなくても、物語が自分のことを語ってくれる。

気がつくと、窓の外が白んでいた。パソコンで書いているので、手応えを実感できる物量はどこにも残っていないが、それでも書いた物語から確かな重みを受け取ることができる。

夜明け前の白い空間に、楓の顔が浮かんだ。小説を再び書けるようになったのは彼女のおかげだ。書きたい気持ちを持ち続けてほしい、と彼女が言ってくれたから、小説と向き合うことができた。

その彼女に残された時間はわずかだ。その運命は変わらない。勝田の死が見せたのは運命からは誰も逃れることができないという冷酷な事実だ。

早い時間に母が起きてきた。

「おはよう」

徹夜したのね、無理しないで、と母が心配する。

「十五分、時間をちょうだい」

母は顔を洗い、手早く身支度を整える。その間に椎也も制服に着替える。

「行きましょうか」

夜明けとともに、母と椎也は荷物を持って、自宅から少し離れたところにある小高い丘を登る。高台から海が望めるそこには父が眠る墓地がある。

今日は父の命日。仕事を休めない母は毎年命日の早朝にここを訪れる。命日ではなくても休みの日に来たほうがゆっくり墓参りできると思うが、母は譲らない。誰もいない朝、澄んだ空気のもとでの墓参りも悪くないと最近は椎也も思えるようになってきた。

水平線のすぐ上に浮かぶ朝日が無数の墓石を照らす。陽に輝く桜の木の近くに父の墓がある。

「今年はちょうど満開ね」咲き誇る桜を母が見上げる。

墓を掃除して、線香を供える。

椎也は父の墓を見下ろす。この下に亡くなった父が眠っている、ようには思えなかった。余命と死神を知ってしまった今、死は我々に最初から組み込まれていると思う。死に至る道の長さを知っているかどうか別にして、我々は死に向かってひたすら進んでいる。その最終目的地が墓の下だとはどうしても思えない。

父は椎也が小学生の時に亡くなった。父は大手電機メーカーのエンジニアだった。

『若いとき、四十歳はすごく大人に思えたが、自分が四十になると、ただ大きい子供になっただけだった』

と、椎也に言った直後に父は会社を退職して、パン屋を開くと宣言した。以前から聞いていたのか母はあっさりと賛成し、父は開業の準備に入った。都内にある評判の店でパン作りの修業を積みながら、出店する物件を探した。どうしてパン屋になりたいのか、椎也は父に尋ねた。

『おいしいパンって、人を楽しくするだろ』

小学生が聞いても子供っぽいと思える理由を臆面もなく、四十代の父は語った。

ところが、退職してから半年後、父は気分が悪いと病院に行き、そのまま入院した。

悪性の癌だった。

母の勤め先の関連病院で、様々な治療を受けたが、父は徐々に痩せていった。日々、衰えていった父。会社を退職したせいで社会保険の恩恵を受けられないことを父は母に詫《わ》びた。

椎也は父が元気になるのを信じていたが、痩せこけた父を見ていると、その信念は揺らいだ。

父が余命を知っていたかどうかわからないが、その日は突然訪れた。おいしいパンを作る父の技術が発揮されることはなかった。あまりに急だったので、子供の椎也はとても驚いたし、とても泣いた。

「父さんには延命治療を行ったの？」

母が首を振る。

「父さんはね、私が望むならどんな治療も受けると言ってくれた。君の気が済むようにしてほしいと。オカルトめいた民間療法でも私が試したいと言えば、あの人は受け入れてくれたと思う。そんな真似はしなかったけど」

「それでも延命治療を進めようとは思わなかった」

「寿命を延ばすだけの行為をあの人は望んでいなかったから」

「どうしてわかった？」

「夫婦だからね」母がくすりと笑う。

「俺が同じ状態になったらどうする？」

墓場で話すことではないと思ったが、どうしても訊いておきたかった。椎也の寿命が尽きそうになり、病に倒れたら、母がどう対応するのか。たとえ、どんな状態になっても、少しでも長く息子の延命を望むのか。

「どこか悪いの？　怪我の後遺症？」息子を心配する母親の口調に変わる。

「俺は元気だ。古傷も痛まない」

「閃輝暗点は？」

「最近は起きていない」

再び書きはじめられるようになってからはギザギザした歯車を見ることはない。確信はないが、光る歯車から逃れられず自ら亡くなった芥川のような死に方を自分はしないと思う。

よかった、と小さな声で母が言う。

「自分の子供には少しでも長く生きてほしいのが親の願いよ。回復の可能性が限りなく低いと医師としての自分が判断したとしても、息をしている子供をずっと見ていたいと思う。

でもね、父さんと同じでやっぱり延命治療は施さないと思う。長く一緒にいたいけど、一緒にいたいのは自分の人生を懸命に生きている椎也だから。私のためにあなたの病を延ばしたくはない。医者だからわかるけど、死期が近づいてから本人ができることは驚くほど少ないの。だから、病に倒れる前に、やりたいことができるようにあなたを助けるのが私の役割だと思っている」母が母の顔をして椎也を見る。

ふたりは墓石の前に座り、目を瞑って拝む。母を残して、先にそちらへ行くことを椎也は父に詫びる。息子がもうすぐ亡くなることを母に伝えたいが、その瞬間、椎也は死神に殺される。秘密を喋《しゃべ》ろうとした者は即座に殺すと死神が以前に言っていた。

「立派な墓じゃな」

目を開けると、墓の横に侍姿の男が立っている。ミナモトだ。墓地で見ると、また違った味わいがある。

「椎也殿の父上も短命でござったのだな」

隣に座る母はミナモトに気づいていない。とはいえ、母の前で彼と話すわけにいかない。

「先に行っていて。俺はもう少しここにいるから」

いつもとは違う息子の振る舞いに、少し戸惑いながらも、息子の意思を尊重して母は仕事へ出かけていった。

周りに誰もいなくなった。水平線が見えるベンチに椎也は座る。桜の花びらが椎也の膝に舞い落ちる。

「墓地はあんたのすみかか」

「拙者は幽霊ではござらん。死神にとって、墓は仕事を無事にやり終えたしるしみたいなものじゃな」ミナモトが隣に座る。

「父は余命を聞いていたのか」

「いや。誰も彼もが余命を知るには、死神が何人いても足りぬ」ミナモトが振り向き、多くの墓を見やる。「御父上が亡くなって、今でも悲しいか」

「もう何年も経ったから」

父を思い出して懐かしい思いはするが、悲しいとはちょっと違う気がする。死を跨《また》いで変わるのは死者だけではなく、生きている周りの人間もまた変わる。

それでも父の死は、必ず人は死ぬという当然の真理を改めて突きつけてくる。椎也と楓。先に亡くなるのは楓だ。あと三週間で、彼女は死ぬ。死の崖から暗黒の海に向かってひとり落ちる。彼女が死の境を跨いだあとに遺される者たち。不仲なあの両親も嘆き悲しむだろう。

今まで楓と一緒に余命の道を歩いてきた自分も、ひとり路傍に取り残される。

この一年間、多くの時間を一緒に過ごした。彼女が亡くなったあと、死を待つ時間の中で、彼女との思い出と自分の想《おも》いをひとりで抱えて生きることになる、

「ところで、ここに来たのは、例のことのためじゃ」

「例のこと」

「願い事じゃよ。後生だから、そろそろ決めてくれんかのう」

ミナモトが、まだ仏になっていないのに椎也に向かって手をこすり合わせる。

「わかったよ」

椎也はミナモトに自分の願い事を伝える。

椎也357日　楓19日

楓の自宅に招かれた。ここへ来たのは三度目だ。初回の訪問と同様に、家族は誰もいなかった。あの時は楓の余命が自分と同じく短いことだけを知っていた。今は、なにを知っているのか。両親と不仲なこと、残り少ない命を使って自分が描いた絵を捜していること。だが、短い余命仲間である椎也についてどう思っているのかは、わからない。

「コーヒーだとカトレアのマスターにかなわないから、ハーブティー」

楓がトレイに載せたティーカップを持ってきた。楓の部屋は一年前となにも変わって

いないように思える。勝田敦の小説も健在だ。作者が亡くなっても読者がいる限り作品は遺る。

楓がメモを椎也に渡す。被害者の会をつくると言って、楓は警察から被害者の名前を聞き出すことに成功した。彼らはハムスターを描いたイラストレーターの知り合いの可能性が高い。彼らの素性がわかれば、イラストレーターに関する手掛かりが見つかるかもしれない。椎也はメモの名前をダメ元で検索する。予想に反してふたりともヒットした。

「過去のインタビュー記事が見つかった。ひとりは大手乳製品メーカーの広報本部長、もうひとりは大手玩具メーカーの企画本部長だ」

「父さんを含めて被害者全員が本部長。世の中にはわたしが知らないだけで、数多くの本部長が生息しているのね」楓が感心と苦笑の混じった声を出す。

「そうかもしれないし、空き巣が入るような豪邸が本部長のねぐらなのかもしれない。本部長というのは世の中に何名いるんだ」

「父さんは五百名の部下がいるといつも自慢しているから、五百人にひとりはいるんじゃない」

0・2％の確率で存在する「本部長」が三人揃うのは偶然とは言い難い。ランダムに豪邸へ侵入したら、本部長よりは経営者や医者の自宅に当たる気がする。

「お父さんとの関係は？」

「父さんの交友関係なんて知らない」

被害者が三人とも大手企業の本部長。偶然にしてはできすぎている。三人の勤め先は、テレビ局、乳製品メーカー、そして玩具メーカー。どういう繋がりがあるのか。楓の父親に訊いても教えてくれないだろう。他の被害者に会って尋ねるしかないのか。

「この前、遅刻したんだって？　晃弘くんが教えてくれた」

考え込む椎也へ、楓が心配そうな目を向ける。父の墓参りで遅刻した日のことを言っているようだ。

ああ、と曖昧に椎也は返事する。死に繋がる話を楓にしたくない。

「あなたの体調が悪いわけじゃないよね？」

余命短い者はいつ病に罹っても不思議ではない。

「至って健康だ」

持参した書類を椎也は楓に渡す。

「人間ドックの結果だ。よく受けたね」

「前に言われたから。春休みに受診した結果が出た。腎臓をひとつ失っている以外は完全無欠の健康体だ。事件の後遺症もない」

「本当だ。費用はどうしたの？」

「大学進学のための貯金を使った。もう必要ないから。検査結果を預かっていてくれ。自宅で母に見つかったら説明が面倒だ」

了解、と楓が言い、検査結果を自分の机にしまう。

「そっちの体調は？」

「健康そのもの。どうやらわたしは十九日後に病気で死ぬわけじゃなさそう」

楓がこの先病に倒れるなら、自覚症状がすでに出ているはずだ。

「元気なら絵を描いたらどうだ？　隣の部屋に白いキャンバスがあった」

楓が目を見開く。

「見たのね、のぞきは犯罪。椎也くんの小説と違って下手くそだから、描けないよ」

「描いてみろよ。俺も新しい小説を書きはじめた」

楓の瞳が椎也を捉える。

「本当！　すごい！　発作は大丈夫なの？」

「ああ、光る歯車も見えないし、頭痛も起きない。久々だから苦労しているけど、なんとか書き続けている。できあがったら、楓に読んでほしい」

「嬉しい、すごく嬉しい」

「だけど、四月二十九日までには完成しない」

楓の命日までに書き上がらない事実を伝えると、楓の表情が曇る。

「そっか……。でも、いいよ。本屋に並ぶ椎也くんの本を雲の上から眺めるから」

黒雲からうっすらのぞいた弱い太陽のような笑みを楓が浮かべる。

「楓に小説を読んでもらいたい。だから、俺の余命をやる」

楓が幽霊を見たような驚いた表情をする。

「冗談でしょ」

「冗談じゃない。最初に会ったときに、余命を全部やると言った。今は小説を書き上げたいから全部はあげられないが、ふたりがちょうど同じ余命になるようにしてもらった」

「してもらったって……、誰に？」

「ミナモトに」

「まさか……、願い事を使ったの？」

椎也は頷く。父の墓にミナモトが現れたときに、躊躇なく願い事を伝えた。ミナモトはかなり驚いていた。人の運命をすべて把握しているはずだが、ミナモト本人が関係することだからわからなかったのだろう。ふたり合わせれば余命が延びるわけではないから、願いを叶えることはできるが、椎也の余命は短くなる、それで本当によいのか、ミナモトは何度も確認してきた。椎也の決心が固いのを最後は理解し、ふたりの余命を揃えてくれた。

「俺たちふたりの新たな命日は今年の十月十五日だ。俺だけ一年長生きするのは不公平だしな」

「世の中にはもっと不公平なことがいくらでもある」

楓の目に涙が浮かぶ。

「そうかもしれない。だけど、ひとつの不公平がなくなるのは悪いことじゃない」

世界はすぐには変わらない。だけど、正しいと思える方向へ少しでも進むのは無駄ではない。

「十月までに小説は書き上がるの？」

「努力する。空き巣の犯人を捕まえて絵も取り戻す。ふたりの命日まで、やれることを全部やる」

楓が目を閉じてうつむく。涙が一粒テーブルに落ちる。彼女が泣いている。優しい言葉を掛けないと。

「この部屋に初めて来たときのことを覚えている？」うつむいたまま楓が尋ねる。

「ああ」

「あのとき、椎也くんは、死ぬ前になにをしたいと言ったか覚えている？」

覚えている。死ぬ前に初体験がしたいと言った。恥ずかしすぎる失言だった。あの時はなにも考えず、いつもの軽口のつもりだった。

「半年分の余命をもらっちゃったからなあ」

泣いていると思っていた楓が顔を上げて、小悪魔的な笑みを浮かべる。

横髪を指で撫でながら楓が迫ってくる。彼女との距離が近い、近すぎる。手と手が触れ合い、指が絡み合う。

「ちょっと待て。あれは冗談だ」

「わたしが嫌いってこと?」

「そうじゃない!」椎也は全力で否定する。

「じゃあ、いいじゃん」

楓がさらに近寄ってくる。彼女の吐息が髪にかかる。

「待て待て、余命と初体験の権利を交換したわけじゃないことはわかってくれ」

「オッケー、じゃあ、よろしく」

楓が目を瞑って顎を上げる。


楓の部屋の天井を初めて見た。見ているようで、今までなにも見ていなかった。

首を向けると楓がすぐそばで横になっている。眠っているわけではないだろうが、瞼を閉じている。自然なボリュームのまつ毛が微かに揺れる。

ベッドとローテーブルのわずかなすきまで椎也と楓は密着して寝ている、ふたりとも服を着て。

「おいおい」椎也が声を出す。

「なになに」

まつ毛が動き、開いた瞼の下から楓の瞳が輝く。

「俺たち高校生だよな」

「いかにも」楓がミナモトの真似をする。

「高校生が初体験と言ったら、キスじゃないんじゃないか？」

「わたしとのハグとキスでは不足だと」

「そうじゃないが……」

「余命半年ぐらいではねぇ」楓がこちらを値踏みするみたいな顔をする。「それに椎也くん、わたしになにも言っていない」

「それは、その、言わなくても……」

「作家さんなら、きちんと言葉で表現して」

楓が顔を上げて、こちらを見る。楓の瞳には自分の姿が映っている。

「月が綺麗ですね」

「漱石かい。もっと自分の言葉で」

「残り半年、一緒に同じ時を過ごそう」

「卒業を控えたクラスメイトのスローガンみたい」

楓が不満げな顔をする。

「俺たちは普通のクラスメイトじゃない」

椎也は顔を起こして、楓の顔に近づける。

ふたりは二度目のキスをする。楓の首に腕を回すと、椎也の肘がテーブルに当たり、伸ばした膝がベッドフレームにぶつかる。

「この世界は、あなたには狭そうね」

苦笑した楓が椎也の手をとり、ベッドへいざなう。

ふたりは立ち上がり、ゆっくりとベッドに横たわる。

椎也が楓の体を潰さないように足を伸ばすと、がさがさと音がして、つま先に柔らかい物が当たった。体勢を変えるために足を上げると、ビリビリと紙が破れた。足元を見ると、無地のクラフト紙に包まれたものに、自分の足がめり込んでいる。破れたクラフト紙から濃いピンク色の布地が飛び出している。

「なんだ、これ。悪い、破いてしまった」

「わたしがいない間に父さんが勝手に置いていったもの。スポンサーにもらったグッズじゃないかな。あの人、今でもわたしがこういうものを好むと思っている」楓が呆れた声を出す。

ベッドの上に座り、クラフト紙を剝がすと、中からピンク色をした大きなぬいぐるみが出てきた。

「なにかのキャラか」

ぬいぐるみは大きな口を開けて、笑っている。小さく丸い耳、つぶらな目、短いしっぽ。

「これって、カバだよな」

椎也がそう言うと、テーブルに置いてあったスマートフォンを楓が摑み、操作する。

スマートフォンの画面に勝田のコラムを飾ったカバのイラストが映る。

「同じカバよ」

楓の顔が凍り、ほのぼのとしていた空気は一気に冷めた。

楓の部屋にあったパソコンで椎也はこのぬいぐるみのキャラがなにか調べる。すぐに該当する情報がヒットした。今日のニュースだ。

『この夏公開の大型アニメ映画を発表！』

ネットのニュース記事には、アニメ映画の制作発表会が本日開かれたとある。動画ニュースも配信されていて、男性監督と声優が並んで会見をしている。『今年の夏はご家族で映画を楽しんでほしいです。そのために私は自分の家族ともう少し離れてがんばらないといけませんが』とにこやかに話す監督の傍らには、カバのぬいぐるみが置いてある。ここにあるぬいぐるみと同じものだ。

『映画のタイトルは『明日のヒポポ』です！』

監督が自信満々に発表する。一斉にフラッシュがたかれる。テロップには大江田監督とある。その名前をどこかで見た気がする。慎次のテレビ局に掲示されていた予告ポスターだ。

「空き巣犯とこのアニメ映画が、このカバのキャラクターで繋がったけど、うちの父さんとの繋がりは？」

椎也が『明日のヒポポ』についての情報をディスプレイに表示する。

「この映画を企画したのが、父さんのテレビ局なの？」

「楓のお父さんの所属はマルチメディア本部だったよな。テレビ番組制作とは離れて映画などの事業を展開している部署なんじゃないのか」

「父さんから試写会のチケットをもらったことがある。捨てられた犬が飼い主を見つけ出して復讐《ふくしゅう》するホラー映画。つまらなそうだから行かなかったけど。他の被害者との関係は？」

「被害者のひとりが本部長をしている乳製品メーカーがこの映画に協賛している。制作費を出資する代わりに自社の広告に映画のキャラクターを使えるようだ」

「イラストレーターと被害者の繋がりは見えてきたけど、どうして犯人は自分が描いたハムスターを置いていったの？　犯人はこのアニメ制作スタジオの人？　関係者の自宅へ空き巣に入る必要がどうしてあったのか、さっぱりわからない」

ベッドの上に座り、楓が腰に手を当てる。

「空き巣に入ったのは、関係者の自宅から封筒に入った書類を盗み出したかったからだ。おそらく、このアニメ映画に関係するものだろう。それが見つからないから、次々と関係者宅に侵入した」

「なんの書類？」

「それはわからない。ただ、楓のお父さんは心当たりがないと言っていたが、残念ながら嘘だと思う。犯人はハムスターのイラストを置いていった。その絵がなければ、このアニメ映画と犯人を結びつけることはできなかった。でも、お父さんたちは犯人がアニメ映画の関係者だと気づいていたはずだ。そうでなかったら、犯人がハムスターの絵を置く意味がない。犯人は、お父さんたちに自分の犯行だと伝えたかったんだ」

「自分の犯行だと誇示したい理由がわからない」

椎也にもわからなかった。どうして自分の存在を犯人は被害者たちに教えたかったのか。証拠を残せば警察に捕まりやすくなるのに。

慎次たちも、犯人の見当がついているのにどうして警察に通報しないのか。なにか弱みを握られているのか。

椎也は晃弘に電話する。

「どうした？　有名ラーメン店に並んでいるから、政府のスキャンダルに関するタレコミならあとにしてくれ」

陰謀論マニア晃弘の声の背後に街の喧騒が聞こえる。

「晃弘、忙しいところ悪いが、アニメ好きだったよな？」

「ああ、アニメは政府の魔の手が伸びていない純粋なものだからな」

「今日発表があった『明日のヒポポ』というアニメ映画を知っているか？」

「明日のヒポポ？　大江田監督の最新作だな。前作の『閃光《せんこう》のタパス』がヒットしたから、今回の作品にはスポンサーもたくさんついて、全国で大規模上映する予定だ」

「あのカバは？」

「今回のメインキャラクター『ヒポポ』だ。大江田監督の作品は、ああいうラブリーなキャラクターが登場するのが特徴のひとつだ。前作でも角を生やした紫色のアザラシが人気だった」

作家の想像力も追いつかない形状のキャラだ。

「キャラクターを映画に使うと、人気が出るし、グッズも売れる。おもちゃ屋は万々歳だ」

もうひとりの本部長の会社は玩具メーカーだ。

「晃弘くん、ありがとう。紬によろしく」楓が電話に出る。

「楓ちゃん、一緒だったんだ。椎也は誇大妄想なところがあるが悪い奴じゃない。仲良くしてやってくれ」そう言うと、晃弘は電話を切った。

椎也は肩をすくめる。

「空き巣犯と被害者たち、そしてこの映画が関係していることは明らかね」

慎次たち被害者に会って真相を追求したいが、警察にも内緒にしているのだから、問い詰めても口を割らないだろう。他に真相を知っていそうなのは、大江田監督だ。犯人のイラストを映画のキャラクターに使うぐらいだから、イラストの作者について知っているはずだ。監督に聞けばなにかわかるかもしれない。

ただ、夏の映画公開までは映画制作にかかりきりだろうから、監督に接触するのは難しい。たとえ、映画が完成しても、監督は有名人だ。会って話すのは困難だ。

「楓、さっきお父さんから試写会のチケットをもらったことがあると言っていたよな？」

「そうそう、捨てられた犬の復讐劇。観たかった？」

「いや。お父さんから『明日のヒポポ』の試写会のチケットをもらえないか」

楓がスマートフォンで電話を掛ける。

「楓か。どうした、仕事中だが」楓の父である慎次が電話に出た。

「どこにいるの？」

「今日は映画の制作発表会があったから、その会場だ」

「明日のヒポポ」

「そうだ、そうだ。おまえの部屋にぬいぐるみを置いてあっただろう。社運をかけた大型プロジェクトだ」

「わたし、すっごく楽しみなんだけどぉ」いつもとは違う猫なで成分多めの声だ。

「おっ、高校生にうけそうか」

「うんうん。誰よりも早く観たいから試写会のチケットをもらえないかなあ。以前もくれたでしょ」

「ああ、わかった、わかった。六月に関係者向けの完成披露パーティーがある。試写会もやるから、その招待状を手配しておく」

「二枚ね」

「あの電柱男の分か」椎也が聞いているのを知らずに慎次が舌打ちをする。陰ではそんなふうに言われていたのか。

「おねがい」

「わかったわかった。仕事だから切るぞ」

楓がこちらに向かって親指を立てる。

「俺は電信柱なのか？」

「まあ、そのことはいいから。試写会までまだ日にちがあるから、監督に会うまで悔いのない時間を過ごそう」

楓が拳をあげる。

「じゃあ、今度一緒に出かけないか？」

珍しく椎也から誘うと、楓がにこやかに頷いた。

椎也169日　楓169日

「デートの場所に水族館を選んだ理由はなんですか？」

朝の待ち合わせ場所で、マイクのように握った手を楓が椎也の口に近づける。

「涼しいから」

「今日のランチはどうする予定ですか？」

「水族館の中に魚が見られるレストランがある。ていうか、なんでインタビューを受けないといけないんだよ」

　椎也はわざと顔をしかめる。

「事前にデートの詳細がわかったほうが、女子は服装や靴を選びやすい」

「それだったら、当日じゃなく前日に聞けよ。デートの場所が山だったら今から登山服に着替えるのか」

「では、最後の質問です。今日は何の日ですか？」

　楓が真顔でこちらを向く。

「楓の命日だった日」

　今日は四月二十九日。椎也が余命を渡す前に、楓の余命が尽きる日だった。

「正解！　今日はわたしの元命日でした。よく覚えていたね」

　忘れるわけがない。ひとりでいると楓が落ち込むかもしれないと思い、この日に会うことにしたのだから。

「今日一日、余命ネタは禁止にしないか」

「我々の定番ネタですけどねえ。ふたりの間に余命のような障壁があると盛り上がるのに、『ロミオとジュリエット』みたいに」

『ロミオとジュリエット』は、主人公のふたりが同日に死ぬ悲劇の物語だ。まるで自分たちの将来を暗示しているようだ。ふたりでいると、どうしても死の影がまとわりつく。

余命のことは忘れて、今日は普通の高校生のように過ごしたい。

水族館の窓口で椎也はふたり分の料金を払う。

「ありがと。余命三日分ぐらいでいい？」

「禁止って言っただろ。それに、せっかくふたりの余命を揃えたんだから、ずらさないでくれ」

「几帳面《きちょうめん》ね。漫画本が巻数どおりに並んでいないと許せないタイプでしょ」

「よくわかるな」

エントランスホールの先にエスカレーターがあり、水槽の中にあるトンネルを通過できる。前後左右にたくさんの魚が泳いでいる。

「魚のウンチクは禁止しないから、好きなだけ披露していいよ、作家さん」

「魚のウンチクなんて知らないって、作家は魚屋じゃないんだから」

「作家と魚屋、どちらも活《い》きの良さを売りにしています」

「うまいような、うまくないような」

ふたりは水族館をゆっくりと見てまわる。

大水槽。

ジンベイザメ、クロマグロ、トビエイ。

「ジンベイザメって、こんなにでかいのか」

「では、ここで第一回ジンベイザメ解答クイズ！」

「解答クイズ？」

「今から解答の選択肢を読み上げます。この解答に該当する問題文をお答えください！
A、プランクトン。B、センベイ」
「わかった！　ジンベイザメが好きな食べ物は？　が問題」

「残念でした。正解は、奈良の鹿の好物は？　が問題でした」

「ジンベイ関係ないんかい」

　クラゲの水槽。

ミズクラゲ、タコクラゲ、ブルージェリー。

「ふわふわだね」

「ふわふわだ」

「ぽよぽよしてるね」

「ぽよぽよだ」

「ふちゃらふちゃらしているね」

「そんな擬音語はない」

イルカショー。

ペンギン、アシカ、バンドウイルカ。

「ペンギンって歩き方がかわいい」

「ペンギンペンギン」

「アシカは泣き声もキュート」

「アシカアシカ」

「イルカってめちゃ速く泳ぐのね」

「スイスイ」

「そこはイルカイルカじゃないんかい」


ランチ。

魚を見ながら食事ができるレストラン。

「メニューがたくさんある。なにを頼むか悩むねえ」

「俺、海鮮丼」

「はや。ていうか、水族館で海鮮丼を速攻頼む男、怖い」

「朝どれの魚だから新鮮だよってメニューにある。ただ、その日の水槽の状態によりますけどね、ニヤリ、だって」

「店側も怖い」

様々な魚を見て、くだらないことばかり言い合い、ふたりで大いに笑った。こんなに笑ったのは久々だ。

「ああ、おかしい。俺たち漫才師になれるんじゃないか？」

「高確率で一生コンビを組んでいられそう」

「余命ネタ禁止」

「ごめんごめん」

閉園時間になった。昭和の遊園地みたいに『蛍の光』が流れる。水族館なんだから、魚に関する曲がいいと思ったけど、どの曲が良いのか思いつかなかった。

「たっぷり遊んじゃったね」

楓がにこやかな顔をする。少しの間でも余命のことを忘れられたのなら、来てよかった。

「一生分の海洋生物を見た」

「魚と言わないところに、作家の心意気が見える見える」

見学者が少なくなった館内をゆっくりと眺めながら、出口へ向かう。

「みんな素通りしちゃうから、出口に近いところにいる魚ってかわいそうね」

「魚が人に見られたいかはわからないけど。餌《えさ》は歩合制じゃないだろうし」

照明が暗いエリアに差し掛かった。チョウチンアンコウでも展示しているのかと思っていると、床から天井まである大きな水槽が目の前に現れた。なんの魚がいるのか水槽に近づいて椎也は目を凝らしたが、一匹も見当たらない。深海のような青黒い光に染まる水槽は、底から小さな水泡が浮かび上がるだけで、魚影はない。

楓が椎也の肘を指で突く。楓の視線の先にあるパネルには「ある未来の海」とある。説明文には、「私たちがなにもしなかったら、あるいはこのまま続けたら、見ることになる未来」とある。

泳ぐ魚がいない、海藻も育たない、死んだ海。

「ちょっと怖い……」楓の声が震える。

なにもいない海を見て、自分がいなくなったあとの未来を想像したのだろう。自分たちは命日を過ぎたら、この水槽にいるはずだった魚のように、この世から消える。こんなものを最後に用意した水族館を恨みそうになったが、下調べをしなかった自分の責任だ。でも、後悔しても過去は変わらない。変えられるのは限られた未来だけだ。

椎也は楓の手を繋ぐ。

「最後の日は、ずっと一緒にいよう」

椎也は楓の瞳を見つめる。

隣で楓が深く頷く。

「ふわふわ卵のオムパスタカレー」

「最後の晩餐は例のファミレス？　じゃあ俺はチーズインチーズハンバーグ」

「高校生って貧しいね」

「まったく」

ふたりで顔を見合わせて笑う。

最後にもう一度、ふたりでなにも泳いでいない水槽を見上げた。

椎也148日　楓148日

楓に余命を譲って、ふたりが同じ余命になったことで、気が楽になった。今まで、自分だけ余命が長いことが心にいつも引っかかっていた。フェアじゃない気がずっとしていた。

一足早くひとり残される母のことを考えると辛いが、楓のために行なったと知ったら母は許してくれると思う（伝える術がないのが残念だが）。

椎也は小説の執筆を続けた。食卓にノートパソコンを持ち込んで夜に書くのが習慣になった。

パソコンを開くと、最初に浮かぶのは、最近あった光景ばかりだ。入学式でいきなりケネディ暗殺について尋ねてきた晃弘、ダンプカーに轢かれそうだった黒猫、突然現れたミナモト。彼の登場は椎也の人生と人生観を根底から変えた。孤高の作家、勝田との出会いと別れ。そして、楓。

それらの人々との光景を透過して、椎也は別の世界に降り立つ。この世にない別の世界。その世界に暮らす人たちを椎也は描く。

突然、筆が止まることもある。物語は急停止し、登場人物たちが言葉を失う。そういうときでも椎也は焦らない。なんでもいいから書き抜けと言った勝田の言葉を思い出す。深呼吸をして、窓の外から聞こえる雨音や遠雷に耳を澄ます。自然の音だけではなく、車が水たまりを切って走る音や酔っ払いの怒鳴り声も混じる。それが現実の世界なのだと椎也は理解し、海面で息継ぎをしたみたいに自分が作り出した世界に再び潜る。

古い自動車のように少し走っては停《と》まりながら、少しずつ前進し、物語は中盤に入った。このまま書き続ければ、十月十五日のふたりの命日までに完成できそうだ。

「もうすぐ梅雨か」教室で雨空を見上げて晃弘が呟く。「梅雨が終われば、俺が紬と出会った夏がまた来るな」

紬。いつのまに呼び捨てか。

「彼女とはうまくいっているのか」

「ああ、もちろんだ」

「ところで、おまえらはどこまでいったんだ？」

クラスの女子生徒に聞こえないように小声で話す。

「どこまでって、群馬にうどんを食べに行ったのが一番遠い場所だ。中曾根《なかそね》元首相が贔屓《ひい き》にしていた店で、すごく腰のあるうどんだった」

「いや、場所ではなく、その、なんというか、肉体的なことだが……」

「ああ、そのこと。塩味と醬油《しょうゆ》味のラーメンを注文して途中で交換したり、同じ鍋を直箸で突っつき合ったりする。俺たちは身も心も許し合った関係だ」

　ふたりが本当に付き合っているのか不安になる。

「それは恋人というより、グルメ友達じゃないのか」

「おまえから見ればそうかもしれんが、まったく違う。全然、違う。料理の合間に、俺は自分の想いを彼女に伝えている」

「デザートが運ばれる前とか、ラーメンの替え玉を待っている間に、彼女に好きだと言っているってこと？」

「そういうことだ。俺が愛の言葉を伝えると、彼女が笑顔で返してくれるんだ。おまえも、楓さんにきちんと自分の想いを伝えろよ。言わなければ伝わらないぞ」

　言わなければ伝わらない。それはわかっている。だが、自分と楓は、晃弘と紬とは違う。自分たちには未来がない。半年後に待っているのは、ふたりの命日だ。先がないのに自分の一方的な想いを伝え、未来を語るのは不誠実な振る舞いに思える。なにを語ってもそれは実現しない嘘になる。余命など知らずに楓と出会えていたら、ふたりの関係はまったく違うものになっていたのに。

雨が降りしきる校庭を椎也は見下ろす。

椎也136日　楓136日

完成披露パーティーは、はじまる前から波乱含みだった。

まず、試写会が行われないことになった。パーティーまでに映画が完成しなかったのだ。二日前に監督から発表があった。完成していないのに完成披露パーティーは開催するそうだ。

未完成映画の完成披露パーティーの会場は都内のホテルだった。おそらく一生泊まることがない高級ホテルの入り口で椎也は楓を待った。

「ロビーで待っていればいいのに」ノースリーブ姿の楓が現れた。

「あんな賑やかな場所は落ち着かない。パーティーなのに普段着なのか」

なにを着て行こうか散々悩んだ結果、持っている中で一番フォーマルに見える紺のジャケットと白いシャツを椎也は選んだ。

「家からパーティードレスで来ないよ。送っておいた衣装にホテルで着替える」

パーティードレス。本部長と画商の娘は高校生でもドレスを持っているのか。

「俺はこんな格好で大丈夫かな」

「大丈夫、監督に接触して犯人の手掛かりを知るのが目的だから、目立たないほうがいい」

ホテルの更衣室から出てきた楓は、かなり目立っていた。肩の部分がレース模様で透け感があるベージュのワンピースを身に纏い、真珠のネックレスを首に巻いていた。普段と化粧も違い、美しい比喩《ひゆ》に彩られた文章みたいなメイクをしている。正装の楓は、いつもの雰囲気とは異なり華やかだ。シンプルな言葉で言えば、綺麗だ。口に出して伝えるべきだと思うが、言葉が出ない。周りの人の視線がこちらに、正確に言えば楓に注がれている。

楓が戸惑っている椎也の腕を取り、会場の受付へ向かう。父親からもらった招待状を見せて、パーティー会場へ入る、と思ったら、食べ物もない細長い部屋に案内された。黒服のホテルスタッフが飲み物を勧めてくる。

「ここはウェイティングルーム。開場時間になるまで、ドリンクを飲んでここで待つ」

周りにはスーツを着た関係者や、楓のようなドレスを着た女性、タキシードの男もいる。みんな、手慣れた仕草で談笑し時を過ごしている。

「こういった場所にはよく来るのか」

「ダブルで」

「ダブル？」

「父さんには業界関係者が集まるパーティーに連れてこられた。母さんにはお気に入りの画家の発表会に引っ張り出されて、いろんな画家に紹介された。余命を知ってからは全部拒否っているけど」

ブルジョアジーも大変だ。

「おまたせしました。会場の準備が整いましたので、ご入場ください」

アナウンスが流れると、両開きの扉が大きく開き、待っていた客が会場へぞろぞろと入っていく。

照明が落ちた広い宴会場の中央にはたくさんの料理が並んでいる。伊勢海老《いせえび》やローストビーフ、キャビアを載せた前菜。職人がこの場で寿司を握っている。

前方の舞台に張られた巨大なスクリーンには、映画のタイトルである『明日のヒポポ』のロゴが大きく映写してある。

「早かったな」タキシード姿の楓の父親、慎次だ。

「招待状をいただきありがとうございます。今到着したんですか？」

「ああ、他のプロジェクトの会議があってね。この仕事だけにかかりきりになれないからさ」

聞いてもいないのに、自分の仕事の幅広さを自慢してくれた。空き巣犯と映画の関係について問い詰めても、警察にも隠しているのだから教えてくれないだろう。隙を見て、監督に直接尋ねるのが得策だ。

「まあ、楽しんでよ」

「映画の試写はないんでしょ」

「冒頭部分だけは試写する。これだけの人を集めて、なにも見せませんとは言えない。まったく、なんでもいいから完成させておけば手間がなかったのに」慎次が愚痴る。

「ぎりぎりまで頑張ったと言いたいだけで、本当は完成しているんじゃないの？」

「鋭いな。ほとんど完成しているが、監督の最終オッケーサインがまだ出ない。芸術家肌なんだよ、あの監督は」

楓の許を離れて、慎次が他の関係者のところへ挨拶に回る。

「あれ、本部長三銃士のひとりじゃない？」

ネットの記事で顔を見た空き巣の被害者と慎次が談笑している。やはり被害者同士は知り合いだった。

フォーマルな服装の人が多い中に、違和感ばりばりのものが混じっている。ピンク色のカバ。この映画のマスコットキャラクターのヒポポだ。マスコットという言葉のイメージとは違いえらくでかい。大人の男より大きい。着ぐるみだから当然だが。

背中を大胆に露出したドレスを着た女性がマスコットのカバに群がり、自撮りしている。素性の知らないおっさんが入っているぬいぐるみに抱きついて嬉しいのか。

「皆様、長らくおまたせしました。『明日のヒポポ』完成披露パーティーを開催いたします」

司会の女性が発するよく通るプロフェッショナルな声で、パーティーがはじまった。

続いて、慎次が挨拶に立つ。

「全世界五十億人のアニメファンが待ち望んでいる大江田監督の最新作『明日のヒポポ』の上映がいよいよ近づいてまいりました。私もこの日を待ち望んできたうちのひとりです……」云々。

「お父さん、アニメ好きなの？」

「家では『サザエさん』しか観たことない」

「大江田監督はどこだろう？」

「見当たらないね。裏で絵の具で色を塗っているんじゃない」

「まさか。今時のアニメ制作はパソコンだ」

ホテルの給仕がドリンクを参加者に配っている。

椎也と楓もソフトドリンクを白いコースターと共にもらう。

「このコースター、キャラクターが入ってる！　かわいい！」さっきの背中ばっくりドレスの女性の声。

白いコースターは水滴で濡れたグラスの底にくっついている。

「ちょっと、これ」

楓がグラスからコースターを剝がして椎也に向ける。濡れたコースターには、動物のイラストが浮かび上がっていた。カバのヒポポではなく、ハムスターだ。楓の家に空き巣犯が残したものと同じだ。コースターの透かし絵に気づいても、映画に出てくるキャラクターだと思い、空き巣犯と結びつける人はいないだろう、空き巣の被害者たちを除いて。

　誰がハムスターのコースターを用意したのか。椎也は辺りを見回す。多くの給仕が参加者にコースターとドリンクを配っている。

「続きまして、『明日のヒポポ』の企画・脚本・監督をしております大江田章《あきら》監督に登壇いただきましょう。大江田監督、よろしくお願いします！」

　司会者の元気な声に続き、盛大な拍手に包まれて、壇上にタキシード姿の大江田監督が現れる。調べたところ今年三十五歳のはずだが、見た目はもう少し若い。くぼんだ目とぼさぼさの頭が映画の制作が大詰めなのを窺《うかが》わせる。

「大江田です」頭を下げて大江田監督が挨拶をはじめる。「まずはお詫びをしなければなりません。本来ならこの場で完成した作品を皆様にご覧いただくつもりだったのですが、映画はまだ完成しておりません。より完璧な作品を披露するために、スタッフ共々全力で取り組んでいる最中でございます。何卒ご了承いただけたらと思います。とは言え、それではあまりにもなんですので、今日は映画の冒頭だけをご覧いただきます」

　大江田監督が手を挙げると、会場の照明がすべて落とされた。

　さきほどまでタイトルが映写されていた巨大なスクリーンにカウントダウンの数字が映し出される。

　数字が0になると、サバンナの鮮やかな緑が目に飛び込む。オアシスのような泉でゾウの親子が水浴びをしている。泉のそばに褐色の少年が座っていて、ゾウの親子を眺めている。

視点が変わり、草むらからゾウを監視しているライオンの群れが映る。ゾウの子供を狙っているようだ。姿勢を低くしながら、ゾウに近づくライオン。迫力のある映像だ。

「逃げて！」

風下から近づくライオンに気がつき大声を上げる少年。ゾウの親子は泉から逃げ出す。あとを追うライオンの群れ。母親ゾウが長い鼻を振り回すので、ライオンも仔象《こぞう》には容易に近づけない。

ライオンの一頭が泉の近くに立つ少年を見つける。そのライオンが仲間に爪で指示するアニメ的表現が入り、ライオンの群れはゾウを追うのをやめて、方向転換して泉へ走る。

「うわっ！」

少年は慌てて逃げようとするが、ライオンは飛び上がり、少年を襲おうとする。

泉から一筋の光。光の塊がライオンに体当たりする。吹き飛ぶライオン。

光の中から現れるピンク色のカバ。大きな頭をしたカバを少年は見る。

「君は誰？」

「ヒポポ！」

カバのヒポポの笑顔がアップになると、カメラがパンアップしてアフリカの青空が映り、『明日のヒポポ』のタイトルが浮かぶ。短かったけど、臨場感あふれる映像だった。

次の瞬間、画面が真っ白になった。監督が言った「映画の冒頭」が終わったのかと思い、観客が拍手をしようと構えたが、映像には続きがあった。

白い画面に黒い線画でハムスターが歩いてきた。大昔のアメリカのアニメ映画みたいだ。その絵を見て、椎也は戦慄する。空き巣犯が残した絵、コースターに浮かんだイラストと同じハムスターだからだ。

ハムスターがぺこりとお辞儀をする。

「なにあれ、かわいい！」黄色い声が飛ぶ。

スクリーンの横にいた大江田が口を開けてぽかんとしている。

「皆さま、試写会の途中にお邪魔してすいません。お伝えしたいことがあって、ここへ来ました」ハムスターが笑顔で話しはじめる。

「おい、止めさせろ！」慌てた顔をした慎次が叫ぶ。

「試写室は施錠してありますから、この上映は止められませんよ。すぐに終わりますから、今しばらくご辛抱ください。今日はお友達を連れてきています」

ハムスターはそう言うと、画面外へ一度出てから、友達を連れて戻ってきた。カバのヒポポだ。さっきのフルカラーではなくハムスターと同じ線画だ。

「どうですか？　僕とこのヒポポは似ていると思いませんか。それは当然です。僕とヒポポは同じ人が描いてくれました。それは、そこにいる大江田監督ではありません。別の人が僕たちを作ってくれたのです。それなのにヒポポは大江田監督に連れ去られてしまいました！　友達を取り戻すために、僕はこの映画の上映中止を要求します！」ハムスターが力強く語った。男の声だ。

会場全体が激しくざわつく。

スクリーンの反対側で大きな音がした。映写室からのようだ。関係者が入り口の鍵を壊して、映写室に突入したようだ。映写機が止められ、スクリーンの動物たちが消え、眩い明るさの後、辺りは暗闇に覆われた。

再びシャンデリアの照明が点灯した。突然のハムスターの告白に会場は騒然としている。

慎次が、呆然《ぼうぜん》としている大江田監督の許に駆け足で近寄る。

「なにか釈明しないか」と慎次が指示するが、大江田監督は黙して語らない。

「試写会はこれで終わりです。監督はこれで退出なさいます。続きは劇場でお楽しみください」

状況を考えるといささか呑気な司会者の言葉が流れると、慎次が監督を会場から押し出す。そこに群がるカメラマンと記者。

「大変なことになったね」楓が言う。「誰かが映写室を占拠して、ハムスターの映像を流したってこと？」

「誰も捕まった様子がないから映写室は無人だったんだろう。犯人は事前に映写室に忍び込み、映画の本編後にハムスターの映像が流れる仕掛けをした」

「仕掛けをしたのは空き巣と同一犯？」

「だと思う。線画のハムスターは、空き巣が残したイラストと同じだ。これで空き巣犯から大江田監督まで繋がったし、犯人の意図もようやく見えた」

「犯人の意図？」

「犯人は、空き巣をしながら映画関係者を脅していたんだ。盗まれたカバのキャラクターを映画に使わせないように」

椎也の推理に楓が首を傾げる。納得していない様子だ。

「大江田監督のところへ行こう。監督は犯人が誰か知っているはずだ」

マスコミが殺到する控え室への入り口を避けて、椎也は楓と一緒に会場を出て、ウェイティングルームへ戻る。

控え室へ抜ける道がないか探す。部屋を見回していると、着ぐるみのピンク色のカバが会場から出てきた。カバは辺りを窺い、パーティー会場と別の会場の間にあるドアを開ける。

あの先にはなにがあるのだろう。

「あそこを見てみよう。控え室へ行けるかもしれない」

椎也と楓はカバが消えたドアを通る。

両側が天井まで延びる間仕切りに囲まれた狭い空間には、パーティー会場のテーブルから下げられた皿やグラスが載ったワゴンが並ぶ。残飯を片付けていたスタッフがこちらを見る。先に入っていった着ぐるみのカバはもういない。

椎也と楓は、ワゴンの脇を足早に過ぎる。通路の先にあったドアを開けると、会場の裏手に通じる廊下に出た。廊下には関係者控え室が並んでいる。記者たちは控え室の入り口で止められているようで、この廊下には誰もいない。

『大江田監督』と張り紙がしてある奥のドアをノックしないで、開ける。

鍵は掛かっておらず、大江田監督がひとり座っていた。マウスを握り、ノートパソコンを操作している。ドアが開いても気づかないのか、画面を凝視している。

「あのう……」楓が声を掛ける。

「ん？　君たちは誰だい？」

部屋に人が入ってきたことに初めて気づいたように大江田監督が顔を上げる。正装で作業するのは窮屈だと思うけど、上着すら脱いでいない。

「みんなが監督を探していますよ」

「あっそう。ちょっとやっておきたいことがあってね」

そう言うと、大江田監督がマウスを動かし、また仕事に没頭しはじめる。映画の編集をしているようだ。こんな状況でも作業するんだ。

「さっきのハムスターを見ましたよね？　監督が盗作したと言っていましたよ」

「そうですね」手を止めずに、他人事のように大江田が呟く。

「平気なんですか？　呆然として映像を観ていましたよね。ショックだったんじゃないですか」

「ああ、冒頭のシーンで彩色がおかしい箇所が二コマあったので、どうやって修正しようか考えていました」

そう言いながらも、大江田はこちらを一切向かず、編集を続けている。

「盗作呼ばわりされたんですよ？　怒らないんですか？」

声が大きくなってしまった。クリエイターにとって、盗作と言われるのは一番堪《こた》える。中学生の自分でも憤慨したのに、平然としている大江田の態度に苛立《いらだ》った。

「マセキくんだね、あの絵を描いたのは」旧友の名前みたいに大江田監督が口にする。

「知っていたんですか？　その人があのハムスターを描いたのですか？」

「そうそう、マセキさんは、とっても優秀なアニメーターでね、ヒポポの原案を描いたのも彼なんですよ」

わけがわからなくなった。盗作を指摘されているのに大江田監督はその告発者を褒めている。

「そのマセキさんは、どこにいるのですか？」

「みんなとうまくいかなくてスタジオを辞めました」

「辞めた。マセキさんは優秀で、優れたキャラクターが描けるのに？」

「優れたものをもっと善いものにするのが作品作りです。最初から善いものなんて、たいしたものじゃありません」

大江田監督の顔が職人のようなシビアな表情に変わる。

ドアが開き、慎次が入ってきた。

「監督！　なにしてるんですか？　探しましたよ」

「仕事をしていました」

「いやいや、外は大騒ぎですよ。あんな映像が流れてしまったんですから。マスコミが血眼になって、監督を探しています。裏口から従業員用エレベーターで予約した客室に行けるように手配しました。しばらくそこで休んでいてください。あとで私も行きますから。さあさあ」

パソコンを片付けるように慎次が監督を急《せ》かす。

「楓。おまえたち、どうしてここにいるんだ？」慎次が椎也たちに尋ねる。

「ところで、君たちは誰？」大江田がとぼけた声を上げる。

慎次が大江田を裏口へ誘導しているうちに、椎也と楓は会場があるホテルを離れた。

ホテルの中は、パーティーで起きた騒動の余波で記者が走り回り、騒然としていたが、ホテルを出ると普段の街の風景が広がっていた。

「監督と話して、新しいことがわかったね」

楓の言葉に、椎也は頷く。

「マセキというアニメーターが考案したカバのキャラクターを大江田監督が映画のマスコットキャラクターに採用した。おそらくマセキに無断で。それを恨んだマセキが映画関係者である楓の家とその他二名の本部長宅へ侵入し、ハムスターの絵を置いて脅した。目的は映画の上映阻止だ。空き巣に入って脅しても映画制作を止めないので、自分のキャラクターの使用をやめさせようと、今度は完成披露パーティーを妨害した」

ここまでの推理は論理的だと思うし自信もある。

だけど、隣の楓が押し黙っている。

「納得がいかない？」

「その推理が正しいなら、悪いのはキャラクターを盗んだ大江田監督だよね。だったら、空き巣に入って脅すなんてややこしいことしないで、堂々と主張すればいいんじゃない？　天下の大江田監督にキャラクターを盗まれました、って」

確かにそうだ。盗まれた復讐だとしても、空き巣はまどろっこしい。

「マセキさんは、なにか弱みを握られているんじゃないか」

「本部長三兄弟に？」

「プラス、監督。だって、監督もキャラクターがマセキさんのものだと知っていた」

やっぱり納得がいかないのか、楓が眉間に皺を寄せる。

「大江田監督はどういう人に見えた？」

「どういう人……。彼はこんな状況でも仕事に集中していた。映画作りに人生を捧げている人に見えた」

「そうだよね……。その監督が他人のキャラクターを盗作するかな」

自分たちが部屋に入っても集中を切らさなかった大江田監督はクリエイターそのものだった。彼が他人のキャラクターを盗むとは思えない。

楓のスマホが鳴る。

「父さんだ」楓が椎也を手招きする。楓が持つスマホに耳を近づける。

「楓、今どこにいる？」慎次の声は緊迫していた。

「まだホテルの近く」

「大江田監督を知らないか？」

「えっ？　父さんが部屋にお連れしたんじゃないの？」

「エレベーターに乗る姿を確かに見送ったんだが、さっき部屋に行ったらいないんだ」

スピーカーから零《こぼ》れる慎次の声は弱々しかった。

「どういうことなの？」ホテルの部屋で楓が父親を問い詰める。

大江田監督が使うはずだった部屋は椎也の家がそのまま入るぐらいの広さと、椎也の家にはない豪華さで溢れていた。大きな窓から東京の夜景が一望できる。

「どういうことって……、エレベーターまで見送って、マスコミをあしらったあと、部屋へ様子を見に来たら、いないんだよ、監督が」

「監督だって大人なんだから、ひとりで自宅に戻ったんじゃないの？」

「自宅にもスタジオにもいないし、携帯も繋がらない。それに、部屋の前には、これが……」

慎次が白いコースターを楓に渡す。コースターは乾いていたが、楓が照明に翳すとハムスターの絵が透けて現れた。大江田を誘拐した犯人が置いていったに違いない。

「楓たち、さっき監督と一緒にいたが、どういう関係なんだ？」

「父さんこそ、マセキさんとどういう関係？」

「楓、どこでその名を……」青ざめた慎次が狼狽える。

「監督から聞きました。三人の家にどうして空き巣が入ったのか、わかりましたよ。まずは落ち着くために座りましょう」椎也は口を開く。

電柱男が余計なことをしやがって、という恨み言が伝わるきつい視線で椎也を睨みながら、慎次がソファに憮然《ぶぜん》として腰を下ろす。

向かいのソファに椎也と楓が座る。

「お父さんのテレビ局は大江田監督の映画『明日のヒポポ』に特別協賛として参加していますね。お父さんのマルチメディア本部は、映画制作に力を入れている。他の空き巣の被害者たちも大江田監督の映画で繋がっていた。乳製品メーカーは、映画のキャラクターを自社の広告に利用し、玩具メーカーはキャラクターグッズを販売して利益を得ている」

　慎次はなにも言わずに椎也を睨んでいる。

「空き巣に入ったのはマセキというアニメーターです。彼は映画関係者を恨んで、空き巣へ入り、脅すために自身が描いたハムスターの絵を残した。警察も俺たちもハムスターの絵の作者が誰かわからなかったけど、絵を見てマセキの犯行だとお父さんたちは知っていた。マセキは関係者の家へ侵入し、絵を残すことで、お父さんたちを脅迫していた。脅迫の目的は映画の制作中止」

　さっき楓に話した推理と同じ内容だ。椎也は楓をちらと見る。自分の父親が真相を知っていたのに黙っていたのがショックなのか楓の顔色は悪い。

「マセキが制作中止を求めたのは、お父さんたちが彼のキャラクターを盗んだからです。カバのキャラクターを奪った本部長三名と監督をマセキは恨んでいた、そうですよね？」

　椎也は息をついて、慎次の顔を見る。

「そこは違う」慎次が渋い顔をして言う。

　この場を取り繕う方法を考えたが、なにも思いつかなかったのか、観念した顔をして慎次が話しはじめる。

「キャラクターを盗んだわけじゃない、買ったんだ。マセキは大江田のアニメーションスタジオの社員だった。年齢は三十六歳で痩せた物静かな男だったが、彼が描くキャラクターは愛嬌《あいきょう》があって絶品だった。マセキがヒポポのキャラクターを考案したのは事実だ。大江田はマセキのキャラクターを採用して、映画制作にとりかかった。だが、そこでマセキが頑なな態度をとりはじめた。自分が描いたキャラクターを一切修正するな、主役にしろ、挙げ句の果てには自分が監督になると言いだした。キャラクターを考案したといっても、映画はひとりのものじゃない。一社員がすべてを決めることなどできない。

この映画のために多くのスポンサーと多額の資金が動いている。もはや監督である大江田でさえ、すべてを決めることができなくなっている。我々も入り、マセキとは何度も話し合ったし、譲歩もした。最後はマセキがすべての権利を放棄し、大江田のスタジオを退職することに同意したんだ。決して少なくない金も払った。それなのに昨年の春、マセキは関係者の自宅へ空き巣に入り我々を脅しはじめた。空き巣に入ったあと、自分を映画の監督にしろとマセキが関係者にメールしてきた」

「マセキさんの主張と違うじゃない。父さんの言うとおりなら、どうして警察に話さなかったの？　後ろめたいことがないなら話せたでしょ？」娘に嘘をついていた父親を信じられないのか楓の声は冷たい。

「表沙汰にしたくなかった。マセキのことを警察に話せば、マスコミが嗅ぎつける。こちらにはキャラクター譲渡に関する契約書があるので法的にはなんの問題もないが、盗作だ、パワハラだと週刊誌があることないこと言い出しかねない。そうなれば、映画の興行成績に影響が出る。君たちは、こういう言い方は嫌いだろうが、大江田の映画は何百億円という金が動く巨大プロジェクトだ。失敗すれば、被害は甚大だ。

だから、警察には内緒でマセキと接触し、映画の上映を妨害しないように交渉をしていた。不本意だったが、金を余分に渡す話もした。だが、自分が監督になることをマセキは最後まで譲らなかったので、一年間の交渉は決裂した。今年の春のことだ。まさか、そのあとで、こんな妨害工作を実行するとは……」慎次が下を向き、首を振る。

「マセキが空き巣に入った目的は、その契約書を見つけるためだったのですね？　契約書を盗み破棄することが目的だった」

「そうだ、と思う」

「でも、契約書ならスポンサーの家ではなく、スタジオや監督の自宅を探すんじゃないの？」

「マセキはスタジオや監督の家にも入っていたんだ。監督が被害届を出さなかっただけで、映画に関係する場所を漁って契約書を探した。これも警察には言わなかったが、どの家でもいくつかの封筒や書類が盗まれたんだ。空き巣に入った短い時間内に封筒の中身を確かめる余裕がないから、とりあえず持って帰ったんだろう」

その中に楓の封筒もあったのか。

「契約書がなくても、マセキがキャラクターを売却した事実は変わらないのでは？」

「物的証拠がなければ、いくらでも主張できると思ったんだろ、監督が強引にキャラクターを奪ったとかなんとか言って。世間は弱いと見える側の味方につくものだから。空き巣に入ったのは私たちを脅す目的もあった。家族に危害が及ぶのを恐れて、私たちはマセキとの交渉のテーブルにつくことにした。うまくいかなかったけどね」

「大江田さんはマセキさんに拉致《らち》されたんでしょ？　父さんたちが警察に本当のことを話していたら、こんなことにはならなかった」楓が父親をなじる。

「気持ちはわかるが、今はそれよりも大江田監督を一刻も早く助けないと」椎也は楓の肩に手を置く。「マセキの居場所に心当たりはないんですか？」

「交渉が決裂してから連絡は取れないし、居場所もわからない」

慎次が疲れた表情を見せる。大江田の誘拐は遅かれ早かれマスコミに露見する。慎次が懸念したとおりスキャンダルになり、映画の興行が不首尾に終われば、慎次は社内で責任を取らされる。

「楓、もう家に帰りなさい。父さんは大江田が誘拐されたと警察へ話しに行く。もう探偵ごっこはやめるんだ。あとは警察が捜査する。マセキのことを黙っていた父さんを許せないかもしれないが、面白い映画をお客様に見せるためだ。理解してほしい」慎次が突然父親の表情で話す。

「お客様のためじゃなくて、お金のためでしょ！」

「否定はしない。ただ資金がなければ面白い映画を作れないのも事実だ。事件のことは忘れなさい。父さんは楓が心配なんだ」

「そんなに心配なら、もっと家にいてよ！　母さんのためにも」楓の声は震えていた。

「わかった、約束しよう」

楓はあと五ヶ月足らずでこの世からいなくなる。その後は、楓の父と母ふたりだけが、あの家に残る。楓は自分がいなくなったあとの両親を心配しているのだ。

椎也と楓は部屋をあとにして、エレベーターに乗り込む。木目調の高級そうなエレベーターが音を立てずに下降する。

エレベーターの中で、椎也はコースターを眺める。ハムスターの絵以外に他のメッセージはないが、これは脅迫状と同じだ。ハムスターが試写会で語ったように、彼の目的は映画の上映中止だ。中止しなければ、監督は帰ってこない。

このコースターはパーティーの参加者に配られていた。自分が描いた絵を多くの人へ見せるためにホテルのコースターとマセキが入れ替えたのだ。どうやって？

「このコースターを配るために、マセキはパーティー会場に忍び込んでいたんじゃないのか？」

「ホテルのスタッフに扮装《ふんそう》して？」

「いや、マセキは顔が知られている。会場にいたら、お父さんたちにすぐに見つかる」

「じゃあ、事前に交換したってこと？」

「パーティーに使うコースターがどれなのか、外部の人間が知るのは難しいと思う」

では、どうやってハムスターのコースターに交換したのか。

椎也は想像力の翼を広げる。自分がマセキだったらどうするか？　犯行現場にいて、自分の計画が成功するかどうか確かめたいし、キャラクターを奪った監督たちが慌てふためく姿が見たいと思う。晃弘が話していたアンブレラマンを思い出す。ケネディ暗殺の黒幕といわれるアンブレラマンは現場にいた。快晴の下で黒い傘を広げるアンブレラマンの冷たい目は大統領暗殺の瞬間を見ていた。マセキはあのときあの会場にいたんだ。

椎也は楓の方を向く。

「マセキはカバの中にいたんだ。着ぐるみならマセキだと気づかれない」

エレベーターの扉が開く。

「着ぐるみを探そう。マセキが逃げ出したあとでも、なにか証拠が残っているかもしれない。楓はロビーで待っていて」

「どうして？　今までずっと一緒だったのに」

楓が不安な目で椎也を見つめる。

「マセキは大江田監督を誘拐した。これからは暴力を振るうのも厭わないつもりだ。もしもまだホテルに潜伏していたら危険だ」

「わたしが危険なら椎也くんも一緒じゃない」

「大丈夫、俺は絶対に死なない」

安っぽいヒーローの台詞だが、余命が決まっているから今死ぬことはない。服を着たまま海に飛び込んで試した。あの夏を椎也は思い出す。あの頃と隣にいる楓の距離は物理的には変わらないが、心情的な距離はまったく違う。

「わかった。気をつけて」

椎也の意図を理解したのか、楓は納得してくれた。

椎也はパーティー会場へ戻る。会場のあちこちで後片付けが進んでいる。警察の捜査は終わったようで、警官の姿はない。誘拐事件が発生したとわかったら、さらに大規模な捜査が行われるのだろう。

さきほど控え室へ抜けた会場横の通路に入ると、山積みになった食器を厨房《ちゅうぼう》へ下げる作業が続いていた。監督の控え室へ向かったとき、自分たちより先にカバがここへ入っていった。

「すいません」近くで片付けをしていた給仕の女性に椎也は声を掛ける。

「は、はい」女性がこちらを向く。

「ピンク色のカバの着ぐるみが来ませんでした？」

「カバ？　ああ、脱いだ着ぐるみを運ぶからって台車を借りていきましたよ」

「顔を見ましたか？　どんな人でした？」

「見ましたよ。最初は小声で聞き取れなかったので、着ぐるみの頭を外してもう一度言ってくれましたから。そうですね、三十歳ぐらいで、無精髭を生やしていました。痩せこけた顔をしていて、着ぐるみのアクターさんって汗を掻くから太らないんだって、ひとりで納得してました」

椎也は礼を言うと、通路から出て大江田監督の控え室へ向かう。

控え室には誰もいない。カバの着ぐるみもない。

給仕の人が見た男はマセキに似ている。着ぐるみの中の男はマセキに違いない。マセキに一歩近づいた。報告するために、椎也は楓の待つロビーへ向かう。

＊

楓はロビーのソファで椎也を待っていた。ひとりでいると、自分がいなくなったあとのことを考えてしまう。特に残される両親のことを。父親が隠し事をしていたのはショックではあったが、それでも両親には仲良く生きてほしいと願う。

椎也が戻ってこない。絵を取り戻すために、マセキを捜してくれている。今までずっとひとりで生きてきたのに、少しの間彼がいないだけで、いつものひとりとは違う寂しさがこみ上げる。テーマパークのアトラクションにひとりで並んだときみたいに。

記者も警察もいなくなり、落ち着きを取り戻したホテルのロビーでは、色々な人が様々な会話をしていた。

ホテルの案内表示が目につく。ここのホテルは地下が駐車場になっているようだ。大江田監督を運び出すなら、目立たない地下からじゃないか。

楓は立ち上がり、地下駐車場へ向かう。危険かと思ったが、椎也が言うように、死神から余命を宣告された自分たちは、すぐに死ぬことはない。いや、本来の余命はもう尽きている。今の余命は、椎也からもらったものだ。椎也は限りある余命をくれた。椎也に言われたときは涙が出るぐらい嬉しかったのに、自分の気持ちをきちんと伝えずに、ごまかしてしまった。自分は椎也によって生きながらえているのに。

楓は専用エレベーターで地下駐車場に降りる。ホテルの地下に広がる駐車場には多くの車が並んでいる。高級そうな車ばかりだ。

天井から吊るされた蛍光灯の明かりが反射するコンクリートの床を歩くと、ベージュの靴が高らかな足音を鳴らす。彼の身長に合わせて選んだ、ちょっとヒールが高いこの靴に椎也は気づいただろうか。

マセキの顔は知らないから、ピンク色のカバの着ぐるみがないか車内を一台ずつ確かめながら駐車場の奥へと進む。

駐車場の隅に黒いバンが停まっていた。壁に荷捌《にさば》き場とある。近くに見える業務用エレベーターで降ろした荷物を載せるためか、バンのバックドアが大きな口を開けている。

メガネとマスクをしたひとりの男が荷物を載せた台車をバンの後部に運んでいるが、影になってよく見えない。楓は他の車に乗るふりをして向かいに駐車しているトラックの背後に隠れて、荷台から顔を出し、さっきのバンをのぞく。

台車にかかった黒い布からなにかがこちらを睨んだ。目を凝らすと、それはピンク色をしたカバの頭だった。カバの頭部はこちらを向いて首をだらんと垂らし、ダンボール箱に臀部を落とした胴体に繋がっている。車の荷室に載せようと、男が着ぐるみの両脇を抱えて立たせる。着ぐるみの全身が露わになる。パーティー会場にいたピンク色のカバだ。着ぐるみはとても重そうだ、中に人が入っているみたいに……。

マスクの男がこちらを向いた気がしたので、顔をすばやくひっこめて、楓はトラックの影に隠れた。

あれはマセキと大江田に違いない。椎也に早く知らせないと。その場を去ろうとしたその瞬間、背中に突き刺すような痛みを感じると同時に、全身に電流が走り、楓は意識を失った。

*

椎也がロビーに戻ると、楓はいなかった。トイレかと思いしばらく待ったが、戻ってこない。

椎也は楓のスマホを鳴らす。電源が入っていないことを知らせるアナウンスが流れる。

椎也は辺りを見回すが、楓の姿はない。

「ここに座っていた高校生の女の子を知りませんか?」入り口に立つベルボーイに尋ねる。

「ベージュのドレスを着た女性の方ですね。少し前にあちらのエレベーターにお乗りになりました」

高級ホテルの一部のような格式高い所作でベルボーイが説明してくれた。

そのエレベーターは地下駐車場専用だ。楓はこのエレベーターで駐車場に降りて、マセキと大江田監督を捜しに行ったのか。

椎也は胸がどきりとした。余命が短くなってもおかしくないぐらい鼓動が速まる。

楓はマセキに連れ去られた、あるいは……。いや、楓は死なない。彼女が死ぬのは自分と同じ日だ。

椎也はエレベーターで地下駐車場へ降りる。駐車場のあちこちを見てまわる。不審な人影も車も見当たらない。そもそも不審な車がどんなものかわかっていない。

荷捌き場に停車していたトラックが発進する。あのトラックに楓が？　と思い近づいたが、初老の男性が運転していて、荷台にはビール瓶ケースが積まれていた。

トラックが走り去ったあとの地面に、なにかが落ちていた。椎也は拾い上げる。ベージュ色のハイヒール。楓が履いていた靴だ。脱げた靴がトラックの下へ転がったのか。

間違いない。楓は拉致された。

警察に伝えるべきか、それとも父親である慎次に。

地下駐車場で椎也は目を瞑る。そして、楓を想う。彼女の姿を頭に浮かべると、心がざわつく。そのざわつきの中に、揺らめく弱い光を感じる。その光を椎也は心の目で見つめようとする。その光は、ある特定の方角から射してくる。

余命を知る者は、同じ境遇の者と共鳴する。楓がそう言っていた。楓は光に従って、海岸にいる椎也を見つけた。

彼女の光を頼りに進めば、楓の居場所を突き止めることができる。この不思議な力を警察には説明できない。それに、自分は死なない、今のところは。

心で感じる楓がいる方角に向かって、椎也は走りはじめる。

*

楓は目を開けたが、あまりに暗かったので、ここが今までいた世界なのかすぐには確信が持てなかった。動こうとすると、細くて固いものが手首を締めつける。両手首がプラスティック製のバンドみたいなもので後ろ手に拘束されている。足首も同じもので固定されている。どうして自分はここに？　ホテルの地下駐車場で、カバの着ぐるみを運ぶ男を見つけて、椎也に知らせようとしたら体に電流が走り、気絶したのだ。

暗闇に目が慣れてきて、少しだけ辺りが見えるようになった。向かいになにか丸いものが転がっている。人の頭かと思いぎょっとしたが、ピンク色のカバの頭だった。その横にはヒポポの胴体部分が倒れている。

肩に人の体温が伝わる。自分の隣に人がいる。楓はそちらに首を向ける。

隣には大江田監督が座っていた。同じように拘束されている。気絶しているようだ。

顔にはなにもつけられていないが、犯人が近くにいるかもしれないので、言葉を発せず、大江田に肩をぶつける。

大江田が驚いて首を上げる。

「あれえ、ここはどこだろう」楓の配慮などまったく気にせず、大江田が緊張感ゼロの声を上げる。

「ちょっと、犯人が近くにいるかもしれないですから」楓が小声で諭す。

「ん？ 君は誰だっけ？ ここはどこだっけ？」大江田がきょとんとする。

「わたしは高梨楓といいます」

「高梨、どこかで聞いたことがあるような、ないような」

この状況でも茫洋《ぼうよう》としていられるのがすごい。

「わたしの父は大江田監督と仕事しています」

「ああ、あの高梨さんの娘さん。さっきお会いしましたね。ところで、手が縛られて動かせないんですよね。困ったな、これじゃあ、仕事ができない。早く作業がしたいんだけど」

監督の鈍感力に感心してきた。

「あのう、おそらくわたしたちはマセキさんに拉致されて、ここに閉じ込められていると思います」

楓は辺りを見回す。床はコンクリートでとても硬い。壁に窓はなく、殺風景というより、風景として最初から成立していないほどなにもない。ここはどこなのか。

「マセキさんは、どうして僕たちを拉致したのでしょう。ここでは仕事ができない。パソコンもないし」

「映画の上映を止めるためじゃないですかね。マセキさんは、自分のキャラクターを監督に盗られたと思っているみたいですから」

「それは困りますね。早く完成させて、多くの人に映画を観てもらいたいんですけど。ヒポポは盗んだわけじゃなく、マセキさんと話し合って映画に使えることになったはずです。高梨さんたちが交渉してくれたので、詳細は知りませんが」

大江田が初めて困惑した表情を見せる。監禁されている現状より、仕事ができないことを大江田は憂いているようだ。

「マセキさんは責任者である大江田監督を恨んでいますよ」

「監督といっても、すべてを決めているわけじゃないんですけどね。そりゃあ、監督だから作品に責任はありますが、たくさんの才能ある人たちが集まって映画は作られます。マセキさんもそのうちのひとりのはずだったんですけどね、残念です」

「でも、うちの父みたいな金の亡者がいると、良い映画ができないんじゃないですか」

監督と違い、父さんは映画よりもお金を愛している。

「あなたはお父さんの仕事を勘違いしていますね」

「勘違い？」

「高梨さんのような人がいるから良い映画が作れるんですよ。映画を作るには莫大《ばくだい》な資金が必要です。優秀なアニメーターを集めるにはお金がかかりますし、CG制作費用も馬鹿になりません。多くの企業にスポンサーになってもらい資金を集めることで、良い映画ができるのです。

もうひとつ、映画制作には政治力も必要です。多くの人に映画を観てもらうには、宣伝も重要ですし、上映するスクリーンを確保するのに配給会社と交渉しないといけません。そういった能力が僕には決定的に欠けていますので、高梨さんのような方にサポートしてもらえるのは、大変ありがたいです」

「でも、グッズを売るためにキャラクターを映画に登場させるとか、映画作りに制約があって不自由じゃないですか？」

「ある程度の条件は必要ですよ。制約の中でどのように作るかが腕の見せ所です。広大な土地があっても立派な家が建つとは限りません」

大江田が厳しい顔に変わる。彼の話は、父さんが言ったことと似ている。

どこからかコツコツと音がした。コンクリートの階段を下りてくる足音のようだ。正面の暗闇が開き、わずかな光が射し込む。光と共に人が現れる。

人影が楓と大江田に近づいてきた。

「お久しぶりですね、大江田さん」

男は痩せた体を曲げて、ふたりを見下ろした。メガネをして顎に無精髭を生やしている。

「マセキさんですね。お久しぶりです。すいませんが、仕事があるので、ここから出してもらえないですか」大江田が言う。

そんなストレートにお願いしても、「はい、そうですか」と言うわけがない。彼は人生を賭けて誘拐しているのだから。

「大江田さん、相変わらずですね。良い映画を作ることしか考えていない」マセキが顔を歪《ゆが》める。

「監督ですから」

マセキが、くくくと笑う。マセキの乾いた笑い声がコンクリートの床に反響する。

「残念ながら、ここから出すわけにはいきません。あなたは、僕から映画を盗んだ。映画を返してくれるまでは、ずっとこのままです」

「監督はあなたから映画を盗んだわけじゃないですよね。あなたは契約を結んで、自分のキャラクターを売ったんですよね？」楓が反論する。

「あの時は、汚い人間たちの口車に乗せられ、小金を摑まされてついサインしてしまった。僕は自分の映画を売っていない。騙《だま》されたんだ、あなたのお父さんに」

マセキが楓を見下ろす。キャラクターの話なのにマセキの中では「映画」を盗んだ話にすり替わっている。

「どうして、わたしのことを知っているのよ」

「君の家を事前に調べたときに見たからね。僕が高梨の家に入ったときに、君は家にいた。君はトイレに隠れてブルブルと震えていたね」マセキがせせら笑う。

彼は廊下に立ち、トイレの中にいる私を見ていたのだ。気持ち悪い。

「わたしの部屋から盗んだ封筒を返してよ！」暗闇で楓は大声を上げる。

＊

椎也は自転車で都内を駆けていた。レンタサイクルに跨がり、夜の街を走る。椎也は楓を想う。彼女のか細い余命をろうそくの火のように感じ、その柔《やわ》い光の射す方へハンドルを向ける。ペダルを踏む度に、心に感じる光が強さを増す。

楓は少ない余命を必死で生きていた。自分の余命をあげたことに後悔はない。むしろ、ふたりの余命が揃ったことで、ずっと抱いていた蟠《わだかま》りが消えてすっきりした。

それでも、彼女の余命はあと五ヶ月足らずでなくなってしまう。残り短い命を楓には自分の思うとおり、自由に生きてほしい。彼女がマセキに監禁されているなら、一刻も早く解放したい。

楓にはまだ伝えていないことがある。自分の気持ちだ。楓の部屋で抱き合ったときも躊躇してふざけてしまった。恥ずかしかったからじゃない。自分たちは普通のカップルとは異なる。短い余命しか持ち合わせておらず、ふたりの明るい将来を語ることはできない。そんな絶望の中で、自分の気持ちを伝えても、楓の迷惑になると考えてきた。

だけど、こうやって離れ離れになると、きちんと自分の気持ちを伝えるべきだったという思いが頭をもたげる。

「楓殿のところへ行くでござるか？」

背後から声がした。ペダルを漕《こ》ぎながら振り向くと、侍姿のミナモトが荷台の上に立っていた。サーカス団員か。

「いかにも」

「拙者の口癖を真似しおったな」

「急いでいるんだ。あんたに構っている時間はない。それともあんたが楓を助けてくれるのか？」

椎也は前方を向いて、ペダルを漕ぐ。

「拙者は他人の運命を変えることはできぬ。できるのは他人に拙者のことを話そうとする其方たちを殺すことだけだ」

「物騒なことを言うなよ。あんたはすべての運命を知っているんだから、この後どうなるかも知っているんだろ？」

「左様。自分が関わらぬ未来なら拙者はなんでも見える。今日は椎也殿の想いが知りたくてここに参った」

「想い？」

「運命はわかっても、人の想いは見えん」

人の行動はわかっても、内にある心の動きはわからないのか。

「椎也殿、其方はどうして楓殿を助けに行く?」

「どうしてって、知り合いが困っていたら助けるのは当然だろう。ところで、願い事したとおりに俺の余命は楓にちゃんとチャージされているんだろうな」

「ちゃーじというのはよくわからんが、楓殿の余命はしかと延びている。他人に自分の余命を渡したのも立派だが、危険が待ち受けているのに助けに行くこともなかなかできることではない。そこまでするのは、椎也殿が彼女を好きだからか?」

「唐突だな。人の恋路が知りたいなら自分のことを先に話すのが礼儀だ。生前のあんたにはそういう人はいなかったのか」

「三男坊で禄《ろく》が少なかった拙者の許へ来る嫁はいなかった。そのうちに戊辰の戦がはじまってしまった」

「ミナモトはその姿で政府軍と戦ったのか?」

「そ、そうじゃ。藩を守るために必死で戦った。拙者の勇ましい姿を見せたかったわ。それがどうした?」

「いや」

目の前の信号が赤に変わり、椎也は自転車を止める。

「どうじゃ、椎也殿が向かっているのは楓殿が好きだからか?」再びミナモトが尋ねる。

「そうかもしれないね」

「その言葉が聞きたかった」

振り向くと、ミナモトの姿はなかった。いつも突然現れては消える。

信号が青に変わり、心に灯る楓の光の方角へ、椎也はペダルを漕ぐ。

＊

楓の言葉に気分を害したのか、他にやるべき作業があるのか、楓と大江田の前からマセキが姿を消してから一時間ほどが経過した。

コンクリートに直《じか》で座っているから体が痛くなってきた。立ち上がろうとしても、足首が拘束されていて動きが取れない。いつのまにか靴がなくなって、裸足になっている。

あのベージュのヒールは気に入っていたのに。

大江田が目を閉じている。時々うんうんと唸《うな》っているので、寝ているわけではなさそうだけど、瞑想《めいそう》でもしているのだろうか。

「監督」楓が声を掛ける。

「ああ、ああ。次回作を考えていたら、そっちの世界へ行ってしまっていました。次回作はですね、しろいくまが新婚の女性を異世界の冒険に誘う話になりそうです」

「次回作も面白そうですが、その前に『明日のヒポポ』を完成させて上映しないと」

「そうですね、その前にここから出ないと」

大江田が無機質な天井を見上げる。

楓も改めて辺りを確かめる。時間が経過して、気持ちに少し余裕が出てきた。マセキは自分たちをすぐに殺すつもりはない。その気があるなら、さっき殺しているはずだ。マセキ自分たちを殺しても逃げきれないし、上映中止に追い込めるわけでもない。監督を人質にして父さんたちに上映中止の要求を呑ませるつもりだろう。

コンクリートの壁は古くざらついているのが感触でわかる。窓がないのに、わずかに明るいのはドアの隙間から光が漏れているからだ。マセキが姿を見せたときに、開いたドアの先には上下に続く階段が見えた。この部屋は二階以上に位置するようだ。時折、遠くから車の走行音が微かに聞こえる。

ということは、ここは人里からそれほど離れていない。気絶していた正確な時間はわからないが、体の痛みからそれほど時間は経っていないはずだ。ここは都内近郊の廃ビルかなにか古い建物の一室だと思う。

大声を出して助けを呼ぼうとも考えたが、マセキが猿轡《さるぐつわ》をしなかったのは、声を上げても誰にも届かない自信があるからだろう。下手にマセキを刺激しないほうがよい。

「今度マセキさんが来たら、ここから出してもらえるようにもう一度お願いしてみましょうか」大江田が呑気なことを言う。

「彼は彼なりの信念があって、これだけの事件を起こしています。最初はキャラクターを盗まれたと思っていたのが、今は映画を盗まれたと思い込んでいるようです。彼は自分の思いどおりの映画を作りたかったんですよね。その映画を盗まれたと考えているなら、そう簡単に説得に応じないと思いますけど」

「それで、マセキさんは幸せなんですかねえ」

いきなり幸福論をぶつけられた。

「幸せじゃないと思いますよ、ちょっと怖い言い方をすると、マセキさんは監督を憎んでいますから」

「そうだよねえ」大江田がしばらく考える。「革命に一生を捧《ささ》げたけど成し遂げられなかった人を高梨さんは幸せだと思いますか」

「革命ですか」やっぱりこの人は変わっている。「革命はわたしには遠すぎて実感が持てませんが、失敗したなら、その革命家さんは不幸せだったんじゃないですかね」

「僕は、そうは思わないんですよね。一生報われなかったとしても、自分の理想のために生きられたら、その人の生涯は幸せだったんだと思います」

「死ぬ直前に、あの時はああすればよかったとか後悔しませんかね」

「後悔したら不幸なんですか」

楓は、はっとした。

暗闇の中のわずかな光に照らされて、大江田が微笑んでいる。

「完璧な成功なんて存在しません。成功したとしても失敗したとしても後悔は残ります、全力を尽くした作品でも完全に満足することはありませんから。一生満足することはないかもしれません。それでも、最高の作品を目指して作り続けることに意味があると思います。革命家が理想の世界を実現しようと全力で行動するように。だから、マセキさんも映画を作ることに一生懸命であれば、立場は監督ではなくても幸せになれるはずです」

映画のことばかり考えている変わった人かと思ったけど、きちんと深く物事を考えている人なんだ。そうでなければ、多くの人が劇場に足を運ぶ感動的な作品を作れない。

「知り合いに小説を書く人がいまして。わたしはすごく才能があると思っていますし、中学生の時に賞をもらったこともあります」

「控え室に高梨さんと一緒に来た人ですね」

「そうです、そうです。久しぶりに彼が小説を書いています。まだ完成していませんし、ひょっとすると完成しないかもしれない。それでも、一生懸命に書いていれば、彼は幸せだということですか」

「全力で取り組んでいれば」大江田が再び微笑む。

「わたしは彼の作品が大好きです。だけど新作をもう読めないかもしれません」

「それはいけませんね。待ち望んでいる人に新しい作品を提供するのが、クリエイターの務めです。新しい映画を作るのは辛いことも失敗もありますが、それでも全力で続けられるのは待ってくれている人がいるからです」

「彼に会ったら、そう言ってあげてください」

「わかりました。あなたは、その作家さんが好きなんですね？」

大江田の温かい声が冷たいコンクリートの部屋に広がる。

「はい」

楓は深く頷いた。

そのとき階段を降りる足音が近づいてきた。ドアが開き、マセキが現れる。手になにかを持っている。

「疲れましたか？」マセキが笑顔で言う。

「お尻が潰れそうです」正直に楓が答える。

「マセキさん、そろそろ僕たちを解放してもらえませんか」

本当にそのまま言ったよ、監督さん。

マセキが呆れた顔をする。

「大江田さん、自分の立場をまだ理解していないようですね。僕はあなたたちを誘拐しているんですよ。こういう言い方は好きではないですが、あなたたちの命は僕の手の中にあります」

やっぱり、そうなるよね。

持っていた板状のものをマセキが両手で広げると、暗闇に慣れた目には眩《まぶ》しすぎる光が飛び出す。

「あなたのパソコンです。ここからスタジオのサーバーにアクセスして、映画のマスターデータをすべて削除してください」

マセキが大江田の前にノートパソコンを置く。

「そんなことをしたら、楽しみに待っている人に映画を届けられなくなってしまいますよ」

「だから、そうしろと言っているんだよ！」マセキが怒鳴り、大江田の襟首を掴み上げる。「大江田、おまえはさあ、いっつもそんなことばっかり言って。おまえはいいよな、監督になって好き勝手やれて。僕は後悔ばかりだ！」マセキが恨み言を床に吐き捨てる。

「削除しないなら、これを燃やす」

手に持っていた封筒から紙を取り出す。

「それはわたしが描いた絵よ」

「知ってるよ。君の部屋から僕が持ってきたんだから。しっかし下手な絵だな。こんな絵を取り戻すために僕を捜して、捕まったの？　愚かですよね」

「返して。下手でもいい、一生懸命描いたんだから。大事な絵なの」

「一生懸命やったって、それがなんだよ！　自分の作品が人気になり成功しなければ意味ないだろ！」

マセキが楓に詰め寄って、両肩を摑む。やたら骨張った指がドレスに食い込む。

「痛い！　やめてよ！」

　楓は肩を揺らして、マセキの手を振りほどこうとする。

「反抗するのかよ！」

　マセキが楓の頬を叩く。楓がコンクリートの床に倒れる。手をつけないので、肩と頭を床に打つ。

「暴力は良くないですよ、マセキさん」

「僕に指図するな！」マセキが今度は大江田を殴る。「またこれを使うぞ！」

　マセキが黒いスタンガンを掲げる。機器の両端に電流が流れ、暗闇に火花が散る。ホテルの駐車場でもこれを使って気絶させたのか。

　倒れたまま、楓は動けない。床にぶつかった頭が痛む。長く縛られているので体のあちこちが痛い。

　マセキを怒らせてしまった。彼の要求どおり映画を消去しなければ、激昂《げきこう》したマセキに殺される。だけど、監督をはじめみんなが一生懸命作ってきた作品を消してしまったら、心待ちにしているファンに映画を届けられなくなる。

　どうすれば。どうすればいいの？　彼ならどうするだろう？　彼は今どこにいるのか。

　楓は目を閉じて椎也を想う。

　とても近くに椎也を感じる。楓は目を開く。余命を知った者同士は共鳴して相手の居場所がわかる。椎也はすぐ近くにいる。彼が私の光を頼りに、ここへ向かっている。私も彼の光を求めている。

床に転がったまま楓は笑みを浮かべる。

「なにがおかしい！　なにがおかしいんだ！」

マセキは心のバランスを崩してしまったように怒鳴り、靴で床を何度も強く踏みつける。

床の下から音が響いた。重そうな扉を叩く音だ。助けに来てくれたんだ！　誰が助けに来たか、私は知っている。心の中のともし火が教えてくれる。椎也だ！

「誰だよ！」

マセキがドアを開けて、階段を駆け下りる。ドアが開けっ放しになったので、廊下の明かりが部屋に射し込む。

下の方で扉が閉まる音がする。

部屋の入り口に人影が現れる。逆上したマセキがふたりを殺すために戻ってきたのか。

「楓」

小さな声が聞こえた。その声には馴染みがある、とっても。

「椎也くん」

椎也が素早く楓に近寄り、ジャケットのポケットから取り出したカッターナイフで手首と足首の結束バンドを切ろうとする。

「動かないで」

バンドが切れた。手足が動く。これで立ち上がれる。

今度は大江田のバンドを切る。

大江田の手足が自由になったその瞬間、扉を蹴破る音が階下から聞こえてきた。

「行こう」

椎也が楓の手を取る。拘束されていた足は痛むが、気にしている場合ではない。

「監督も」

三人は部屋を出る。階段が上下に延びている。

「上へ行こう！」

迫りくるマセキを避けて、裸足で上階へ駆け上がる。

楓は椎也の手をしっかりと握る。

「入り口の扉を叩く仕掛けをして、上の階に潜んでいた。彼が外へ出たあとで入り口の鍵を締めたが、破られたようだ」

屋内階段を上りながら、椎也が話す。三人でビルの階段をぐるぐる上る。

五階の表示を過ぎた先で、上り階段が途切れていた。

正面のドアを蹴破り、椎也が楓の手を引っ張る。息を切らした大江田が外へ出るのを待って、椎也がドアを素早く締める。

屋上だ。久々の夜空が身を包む。屋上を囲む柵の先には空き地が広がり、遠くに幹線道路と無数の家の明かりが並ぶ。

夜風がじめっとした肌を撫でる。

「非常階段があります！　あそこからビルの外に下りられますよ！」

大江田が前方を指差し、非常階段の手すりが見える場所に向かって走る。

その階段の下からカタンカタンと音が近づいてくる。マセキが手すりを摑み、顔を出す。下の階で、屋内階段から非常階段に移ったのか。

手に持つ黒いスタンガンが、夜の闇に火花を散らす。

「逃げるなんて卑怯《ひきよう》じゃないですか」マセキが薄ら笑いを浮かべる。

「あんたのやっていることのほうが、よっぽど卑怯よ」楓はマセキを蔑《さげす》む。

「自分の作品を盗られたら、誰だって同じことをしますよ」

「あなたが売ったんでしょ」

「みんなが僕の思うとおりに映画を作らせてくれればよかったんだ。汚いよ。金儲けのために、映画に口出ししてくる企業と手を組んで。不純だよ！」マセキが叫ぶ。

「マセキくん、そうじゃないよ。作品はみんなで作るもんだ。自分の思いどおりにならないこともあるし、すべてが自由なわけではないけど、その範囲で工夫して作る必要がある。無限に広い画用紙は存在しない」

大江田がマセキにゆっくりと歩み寄る。

「うるさい！」

マセキが大江田を殴りつけると、大江田の体が屋上の床に転がる。

「大江田さん！」

楓は大江田に近寄ろうとするが、椎也が腕で制した。

「やめようよ、もう。マセキさん」

そう言うと、ジャケットを脱いで椎也が拳を固め、ボクシングのファイティングポーズを構える。人を殴らないためにはじめたボクシングで、椎也がマセキと戦おうとしている、私たちを守るために。

「うるさいっ！」

マセキが黒いスタンガンを握って椎也に突進してくる。

椎也が上半身を軽く曲げ、マセキのスタンガンを巧みに避けて、マセキの顔面を拳で殴る。

マセキの体が吹っ飛ぶ。

「くっそ！」

マセキが口から血を吐く。よろけながら立ち上がると、マセキが腕を伸ばしてスタンガンを椎也の胸に押し当てようとするが、椎也が体を素早く傾け、マセキの腹部にパンチを打ち込む。マセキがその場に倒れた。黒いスタンガンが手から落ち、屋上の床に転がる。

「マセキさん、他人の作品をとやかく言える人間ではないけど、俺は毎日必死で小説を書いている。どこまでのものになるかわからないし、完成するかどうかも、正直まだわからない」

椎也の余命は、あと半年もない。

「それでも、最後の時まで書き続けようと思っている。ある作家と約束したから。その作家が監督と同じようなことを言っていた。ひとりでは良いものは作れない。小説だって映画だってそうだ。病気やしがらみ、資金の調達、制約があるのは当たり前だ。だけど、その制約を仲間と一緒なら乗り越えられる。創作はみんなで苦しみ、みんなで喜ぶもんなんだよ」椎也が穏やかな口調で話す。

腹を押さえてマセキが床に蹲っている。

「楓、大丈夫か？」

マセキの動きを注視しながら、椎也が気遣ってくれる。

「わたしは大丈夫。勝手にロビーを離れてごめんなさい。来てくれて本当にありがとう……」

「無事でよかった」

椎也が微笑む。黒いスタンガンを拾い、遠くに投げる。

「ありがとうございます。これで映画を完成させられます」

よろよろと立ち上がった大江田が頭を下げる。

「楽しみにしています。できれば十月までに上映してください」

「がんばります。椎也さんも執筆をがんばってくださいね。待っている人がいますよ」

大江田がにこりとする。

マセキは蹲ったまま動かない。

「手に血がついている。怪我していない？」

楓は椎也の手に触れる。

「マセキの血だ。初めて人を殴ったけど、気持ちのいいもんじゃない。やっぱり人は殴るもんじゃないな」

血がついた自分の拳を見つめる椎也の顔色が変わる。まばたきをしきりに繰り返し、目をこする。もう片方の手で頭を押さえる。

「どうしたの？」

「光の……光の歯車が見える……」

「閃輝暗点？」

椎也が顔を歪め、頭を抱えた状態でその場にしゃがみ込む。椎也は中学生の時に暴行を受けて、障害を負った。マセキの血がその嫌な過去を思い出させてしまったのか。

腹を押さえて蹲っていたマセキが立ち上がり、椎也の顎を蹴り上げる。仰向けに倒れた椎也が頭をコンクリートの床に打ちつける。頭から血が流れる。頭を押さえて、椎也が呻く。

「椎也くん！」

楓が駆け寄ろうとするが、マセキが遮る。

「僕は自分の作品を作りたかっただけだ。僕が一番優れた映画を作れるのに、どうしてこんなことに……、大江田！　大江田がすべて悪いんだ。おまえは、いつでも僕の先にいた。僕が必死で考えた企画より、おまえのアイデアのほうがはるかに優れていた！」

屋上の柵に向かって歩くようにマセキが大江田に指示する。

「早く治療をさせて。椎也くんが死んじゃう」

楓は泣きながら、マセキに訴える。

「そいつは恋人か、おまえらはリア充かよ。僕は独りでずっと絵を描いていた。友達も恋人も作る暇がなかった。それでも自分の映画ができればいいと思っていた。その結果が、これだ。業界から追放された。大江田のところを辞めたあと、どのスタジオも採用してくれなかった。僕にはこんなに才能があるのに、僕を不採用にするように大江田が裏で手を回していたんでしょ？」

「そんなことはしません。僕はマセキさんを応援していましたから。ただ、不採用にしたスタジオの人に話を聞いたことがあります。その人は僕と同じことを言っていました。映画は独りでは作れない」

大江田の言葉にマセキの顔が紅潮し、大江田の首に摑みかかる。マセキに押されて、大江田が柵の上にのけぞる。柵の先はビルの外で、五階下の地上はビルの駐車場になっている。

「落ちろ、落ちてくれよ……。僕の前からいなくなってくれ……」

マセキの声が涙声に変わり、悲愴な顔で大江田に哀願している。

「やめて。これ以上、罪を重ねないで」

楓がマセキの腕を掴む。

「うるさい！　うるさい！　クリエイターである僕の気持ちが凡人にわかるか！」

「わたし、わたしだって絵を描いているの。下手でも、認められなくても！」

「こんなもの！」

ズボンの後ろポケットに突っ込んでいた楓の絵をマセキが宙に投げる。

「あっ！」

楓が掴もうとするが、風に乗って絵が指をすり抜けていく。楓の絵が宙を舞い、柵の外へ飛ばされていく。

そのとき、倒れていた椎也が立ち上がった。頭を押さえながら近寄ってくる。足音に気づいて振り向いたマセキの頰を椎也の拳がヒットする。マセキが頭から吹っ飛び、コンクリートの床に倒れる。

柵を跳び越えて、椎也が楓の絵を掴む。

「危ない！　落ちる！」

椎也は柵の向こう側の狭い部分に着地する。その先に床はなく、はるか下にはアスファルトの駐車場が広がっている。

「やっと取り戻せた」

雲と空が描かれた絵を掲げて、椎也が楓に向かって微笑む。

「ありがとう、本当に……。危ないから、早くこっちへ」

こちらへ戻ってこようと、椎也が柵を手で摑み、足をかける。

倒れていたマセキがポケットからなにかを取り出し、ふらふらと手を伸ばす。気づいた椎也が急いで柵を跳び越えようとするが、一瞬早く椎也の足に赤いスタンガンの電流が当たる。マセキはもうひとつスタンガンを隠していた。

死神に出会ったような驚いた顔を椎也がする。柵から指が離れて、背中から椎也が空に向かって倒れていく。

時が止まった。

「椎也くん！」

柵から身を乗り出して、楓は力いっぱい手を伸ばすが、椎也の体が力なく宙に落ちて、地面へ落下していく。死んでも忘れないほどの嫌な音がして、椎也が地上の駐車場に激突する。

「椎也くん！」楓は椎也に向かって叫ぶ。

落ちた場所から椎也は動かない。手には楓の絵を摑んでいる。ビルから落ちても彼は絵を離さなかった。

頭から血を流したマセキが立ち上がり、赤いスタンガンから不吉な火花を上げながら、嫌な笑いを浮かべてこちらに近寄ってくる。

楓が彼を睨むと、マセキが一瞬固まった顔をして、崩れ落ちる。

さっきマセキが落とした黒いスタンガンを大江田がマセキの背中に押しつけていた。

「ここは僕に任せて、早く彼の許へ行ってあげてください」

大江田が言うと、楓は全力で非常階段を駆け下りる、椎也の無事を祈りながら。

楓が椎也の許に着いたとき、椎也は意識がなかった。声を掛けても反応がない。楓は椎也の頭を自分の膝に乗せる。ベージュのスカートが彼の血に染まる。椎也の腰辺りには駐車場の車止めが地面から突き出ていた。椎也はそこに落ちて腰を打ったようだ。

「椎也くん！　椎也くん！」

泣きながら楓は椎也の名を叫ぶ。椎也は目覚めない。だけど、心臓は動いている。体は温かい。椎也はまだ死なない。彼には余命がまだ残っている。

屋上の大江田がマセキの電話で呼んでくれたのか、救急車とパトカーのサイレンが遠くから聞こえる。赤いパトランプの列がこちらへ向かってくる。

それからの時間は、なにかのドラマや映画で観たような光景が続き、とても現実のものとは思えなかった。

到着した警察官とスーツ姿の刑事が屋上で倒れていたマセキを逮捕し、パトカーに連行する。医者がその場で椎也の容態を確かめる。救急看護師が担架を使って、ゆっくりと慎重に椎也を救急車へ乗せる。意識がない椎也と医師を乗せた救急車がサイレンを鳴らして、病院へ向かう。

楓は大江田と一緒にパトカーで近くの警察署に連れていかれた。

「椎也くんでしたっけ。彼がいなかったら、僕は殺されていた」楓の隣で大江田が沈痛な面持ちで呟く。

「彼は死にません」

楓が言うと、大江田が何度も頷いた。

警察署に到着すると、椎也は病院で緊急治療を受けていると女性警官が教えてくれた。

楓はすべてを正直に話した。空き巣犯がマセキであること、自分の父親が犯人を知っていたのに隠していたこと、盗まれた絵を取り返すために自分と椎也は犯人を捜していたこと、あの廃ビルで起きたこと。自分たちの余命については言わなかった、もちろん。

「どうして椎也くんは、あなたの居場所がわかったのかしら」女性警官が不思議そうに尋ねた。

「スマホのGPSか、なにかですかね」

楓はとぼけたが、どうして椎也が自分の許へ来ることができたか知っている。彼は自分の心の中で私の存在を感じたのだ。私たちは共鳴し合っていたから。

供述調書ができあがり、警察から解放された楓は急いで病院に向かった。

椎也は集中治療室にいた。集中治療室前の廊下に椎也の母親が座っていた。初対面だが、すぐに椎也の母親だとわかった。こざっぱりしていて、眼鏡がとてもよく似合っている。

挨拶を終えてから、椎也の母である静恵《しずえ》が椎也の容態を説明してくれた。頭部の傷は縫合し脳波に問題はないが、強く打ったショックで意識がまだ戻っていない。一番深刻なのは内臓で、屋上から落ちたときに駐車場の車止めが腰の辺りを直撃し、腎臓を損傷した。以前の暴行事件で片方の腎臓を失っていたので、今回の傷害で腎機能の多くを喪失してしまったことになる。今は緊急措置として透析で対応している。医者である椎也の母は過度な感情を含めることなくわかりやすく説明してくれた。

「楓さん、椎也とずっと一緒にいてくれたのね。最近出かけることが増えたから、誰かお友達ができたと思っていたけど、椎也は話してくれなくて。基本シャイなのよね」

秘密を共有するような笑みを静恵が楓に向ける。

「わたしのせいで、椎也さんがこんなことに……」

震える楓の声を受け止めるように、静恵が静かに目を閉じる。

「私、慣れているの。楓さんも聞いているかもしれないけど、あの子、昔にも大怪我をして入院したことがある」

ええ、と楓は小さく頷く。

「夫を早くに病気で亡くしているし、私は医者だから、こういった場面に何度も接してきた。あれ？　患者の家族が話すことではないわね」静恵が苦笑する。「あ、これを渡さないと」

張り詰めた空気が少しだけ緩むと、静恵がバッグから絵を取り出した。楓が描いた水彩画だ。青い空に白い雲が浮かんでいる。角が少し曲がっているけど、どこも汚れていない。

「わたしの絵のために椎也さんが……、本当にごめんなさい」

楓が涙を流し、頭を下げる。

「すてきな絵ね」静恵が楓の絵に優しい眼差しを向ける。「あの子、中学の事件以来、すっかり変わってしまったの。無口になって、人と関わらないようになった。好きだった小説の執筆もやめてしまった。でもね、最近は笑顔が戻ってきた。小説も再び書きはじめたみたい。あなたと出会って、椎也は四年前の事件から本当の意味で生き返った。私からあなたにお礼を言わせて。ありがとう」

楓は言葉が出ず、目を閉じて首を振る。静恵は夫を喪い、息子が中学で暴行を受けて大怪我を負い、今また意識不明の重体に陥っている。回復したとしても、半年もしないうちに彼の余命が尽きて、彼女は今度こそ本当に孤独になる。それは抗いようのない運命だ。

考えれば考えるほど、理不尽だ。思えば思うほど、気持ちが乱れる。静恵にどう接すればよいのかわからず楓は混乱してくる。

「私が夜勤でいないときに食卓で書いていたようね。あの子の文章、好きなのよ」

静恵が柔らかい笑みを見せる。

「わたしもです」

「気が合うわね、私たち」

静恵が立ち上がり、手招きをする。

「本当は家族も入れないんだけど」

静恵が持っていたカードをかざすと、『集中治療センター』と書かれた入り口の大きな扉が自動でスライドする。

センターの中には個別に仕切られた集中治療室がいくつかあり、複数の医師と看護師が治療に当たっている。ひとりの医師に静恵が会釈をする。

「私が医者だと話したら、特別にここまで入れてくれた。あの病室に椎也がいる。病室の中には入れないけど、のぞき窓から見られる」

恐る恐る近寄って、静恵が指した病室をのぞくと、部屋の中央で椎也がひとりベッドで横になっていた。たくさんのチューブとケーブル、様々な計器が椎也に繋がっている。口には酸素呼吸器がつけられていて表情はわからないが、眠っているように見える。椎也の寝顔を見るのは初めてだ。私たちはまだ一緒に寝ていないから。

「しばらくしたら、一般病棟へ移れるって。そうしたら、枕元まで寄れるわ」隣に立つ静恵が言う。

「腎機能の障害は完治しますか？」楓は小声で尋ねる。

「精密検査の結果が出ないと詳しくはわからないけど、今は腎臓移植の技術も発達しているから大丈夫よ」

「腎臓移植するには腎臓を提供してくれるドナーが必要なんですよね。ドナーは、すぐに見つかるものなんですか？」

「腎移植が必要な状況も考えて、前の事件のときに調べてもらったら、私の腎臓は先天的に問題があって移植に不適合だった。他に近しい親族もいないから第三者のドナーを探すことになるかもしれないわね」

窓の先に眠る椎也を静恵が見やる。椎也の顔色は土気色をしている。

「わたしの腎臓を使ってください」

静恵が驚いた目をする。

「ありがたいけど、日本では他人からの生体腎移植は原則禁止されているの。椎也のために他のお子さんの体にメスを入れさせるわけにはいかないし、臓器を取り出すわけだからリスクもある」

「わたしはいいです、どうなっても」

残りの余命は半年もないし、その余命も椎也からもらったものだ。

「そのことはまた話しましょう。今日は帰って休んだほうがいいわ。あなたの親御さんは？」

「父はまだ警察だと思います。捜査に必要な情報を隠蔽《いんぺい》していましたから、どんな罪になるかわかりません。母はこちらに向かっているはずです。椎也とお母さんみたいに仲は良くないですが」

静恵が無言で、楓の手を握ってくれた。

集中治療センターを出て、廊下のソファで座っていると、慌ただしい足音が近づいてきた。

白いシャツにチノパン姿の瞳が姿を見せた。

「思ったより早かった」

楓が立ち上がる。

「娘のことだから」瞳が楓に向けた視線を静恵に向ける。「楓の母です」

「椎也の母です。この度は大切な娘さんを怖い目に遭わせてしまい、申し訳ございませんでした」静恵が深々と頭を下げる。

「楓が椎也さんを巻き込んだんです。うちの画廊へ来たときから、楓が探偵の真似事をしていたのは知っていました。あの時にやめろときつく言っていれば、こんなことにならなかったのに。本当に申し訳ございませんでした」

ぼさぼさの髪型で、静恵よりもさらに深く瞳が頭を下げる。他人に頭を下げる母の姿を初めて見た。

もう遅いし、疲れているだろうから帰ったほうがいい、と静恵が言うので、楓と瞳は別れを告げて、その場を去った。

「体は大丈夫？」

夜間照明が照らす病院の廊下を歩きながら、血のついた楓のスカートを瞳が見下ろす。

「わたしは平気。椎也くんが……」

「そうね……」瞳が辛そうな顔をする。「でも、彼は大丈夫よ」

「なにを根拠に……」

「ただ、そう思うだけ」

自分だけではなく、周りの人間にも悪いことが起こらないと母は信じている。

深夜の病院にふたりの足音が重なるように響く。

「彼、いい男よね」

「なにそれ」

いきなりの母の発言に、楓は面食らった。

「楓にしては上出来よ」

瞳が唇に微笑を浮かべる。

「母さんとは違うから」

「あら？　あなたのお父さんもいい男よ。ちょっとずるいけど、それもかわいいところ」

意外な発言だった。父は仕事ばかりで母は不倫していて、ふたりの夫婦生活は冷めきっていると思っていた。

「本当？」

「本当よ。高校生が考える恋人同士とはちょっと違うかもしれないけど、私たちは私たちなりに二十年間うまくやってきたつもり」

「だったら、もっと一緒にいればいいのに。子供の頃からずっとそう思っていた」

「私たちはね、高速道路を全速力で走る車みたいなものなの。私はフランスのオープンカーで、彼は銀色のドイツ車。ふたりとも同じ方向に向かって走っているけど、近づきすぎるとぶつかって危険。たまにサービスエリアで一緒に休むぐらいがいいのよ。私たちのことは気にしないで、楓は自分のやりたいことをしなさい」

「ふたりみたいに」

「そう、私たちみたいに。さあ、父さんを迎えに行きましょう」

瞳が楓の肩を抱いた。

楓25日　椎也25日

楓の予想よりも事件の報道は小さかった。大江田監督を誘拐した犯人が元スタッフだったこと、犯人が関係者宅を空き巣に入ったことは報道されたが、楓と椎也の存在は伏せられた。慎次と瞳がふたりで、未成年の誘拐監禁については報道しないようにマスコミ各社をお願いしてまわったそうだ。ふたりは楓には言わなかったが、静恵が教えてくれた。

『明日のヒポポ』は無事に公開された。初日の舞台挨拶で、大江田監督はヒポポを考案したのはマセキで自分たちが彼からキャラクターを買い取ったことを明らかにし、マセキが罪を償ったあとで、アニメーターとして復帰することを心から願うと発言した。正直な大江田の態度によって批判は起こらず、彼が生命を賭《と》して完成させた作品は好評で、映画は大ヒットした。

楓は毎日椎也の病室へ通った。集中治療室を出て一般病棟の個室へ移った椎也だが、意識は戻らなかった。損傷した腎機能も回復せず、腎臓移植しか治癒する手段はないが、ドナーを探すのは意識が戻ってからになるので、目覚めたとしてもドナーが見つかり移植ができるのはかなり先になると静恵が説明してくれた。

病室で楓は本を朗読した。椎也がしてくれたように、彼のために選んだ本を楓は読んで聞かせた。

椎也が読んでくれた『雨月物語』も読んだ。

「人一日に千里をゆくことあたはず。魂よく一日に千里をもゆく」

会いたい相手は千里も離れずここにいるのに、魂に触れることができない。前は椎也の朗読を聞いて物語についてふたりで話し合えたけど、今の椎也とは言葉すら交わせないことが楓をさらに悲しくさせた。

晃弘と紬が見舞いに来てくれた。ふたりは相変わらず仲がよく、それはすてきなことだけど、楓は羨ましさを感じずにはいられなかった。自分の素直な気持ちを椎也へ伝えなかったことを今更悔やんだ。
ふたりの前だから我慢しようとしたが、椎也と一緒に過ごした時間を思い出し、自然と涙が溢れてきた。紬が静かに肩を抱いてくれた。

以前よりも早く帰宅するようになった両親と一緒に自宅で夕食を取る機会が増えた。ふたりは楓と椎也について心配はしているが、余計なことは聞かず、今日あった出来事を明るく話してくれた。そんな両親の配慮が楓にはありがたかった。

部屋に戻ると、椎也の症状について調べた。椎也から預かっていた精密検査の結果と学術書の記述を照らし合わせた。わからない語句ばかりで頭が痺《しび》れてくると、楓は隣の部屋へ行き、キャンバスの前に座った。

事件の後、楓は絵を描きはじめた。椎也の不在で空っぽになった心に、絵を描かないのか、と椎也に言われた言葉が浮かんだからだ。

久しぶりの油絵はなかなか上手く描けないが、椎也との思い出をなぞるように、楓は筆を進めた。キャンバスが様々な色に染まると、現実の空虚さが少し埋まる気がした。

椎也が眠ったまま季節は巡り、夏が終わり、秋を迎えた。

土曜日の午後、楓は椎也の病院へ向かった。徐々に色を変える木々の葉をくぐり、中庭を抜けて、病院に入る。

松葉杖《まつばづえ》の患者、包帯を巻いた子供、心配そうに未熟児を見つめる母親。病院は心穏やかにしてくれる光景ばかりではないが、これも現実だと楓に教えてくれる。

自分の余命は、残り一ヶ月を切っている。椎也の余命も同じ日数しか残されていない。このままでは意識がないまま、椎也はその時を迎える。

椎也の病室。長い入院で椎也は痩せた。人を傷つけないために身につけた筋肉は削げ、本来の椎也に戻ったように見える。

「もう自分を囲わなくてもいいよ」

眠る椎也に向かって、楓は囁く。

枕元の丸椅子に座り、彼のために本を開き、文字に目を落とし読みはじめると、自分に向けられた視線に気づく。

楓は顔を上げる。そこにはミナモトが立っていた。

「久しぶりね」感情を込めずに楓は挨拶する。

「このところ、他所《よそ》で立て込んでしまってな」

ミナモトが自分の肩を叩く。

「そう、大変ね」楓はぱたんと本を閉じる。「怪我をしたとき、椎也くんの余命はまだ五ヶ月近くあったのに、どうしてこんなことになったの？」

「余命は五体満足で元気な状態を保証するものではござらん。このような状態でも生きていることに変わりはないでござる。あと二十五日後に、意識がないまま腎不全が原因で椎也殿の余命は無事に尽きる」ミナモトが淡々と説明する。

「意識がない状態でちゃんと生きていると言えるの？　最期の時をこんな形で迎えるな

んて言ってくれなかったでしょ」

「どのような運命を辿《たど》るかなどと言えるわけがなかろう。そのようなことを楓殿はとっくに理解しておると思っておったが」

「頭では理解している。だけど、心が拒否している。あなたは、こうなることを全部知っていたのよね」

「いかにも。そうでござる。多少の揺れ幅はあっても、着地するところは変わらない。運命はいくら引っ張ってもいずれは元に戻る」

ミナモトに対して怒りがこみ上げてくるが、彼は人間ではない、死神だ。怒っても仕方がない。楓は大きく息を吐く。

「ふむ。よく眠っておるな。自転車で話したときよりも随分と痩《や》せたのう」ミナモトが椎也に顔を近づけて言った。

「あの日、椎也くんに会ったの？」

「彼はとても急《せ》いておったが、確かめたいことがあってな」ミナモトが腕を組む。

「なにを？」

「椎也殿が楓殿をどう想っているかじゃ」

「はい？」

「椎也殿の考えは、今ひとつ見えん。拙者は人の運命は見えても、人の気持ちはわからん。だから、聞いてみたのじゃ、楓殿を好きかどうか」ミナモトが椎也の顔をのぞく。

「勝手にそんなことを聞かないでよ」

「なんと言ったか知りたくないでござるか？」

「知りたい」

楓は素直に認める。

「危険を顧みず助けに行くのは、楓殿を好きだからかと尋ねると、そうかもしれないと椎也殿は言っておった」

楓は椎也の顔を見下ろす。

「なにその、かもしれない、って。ちゃんとはっきり言いなよ」

眠っている椎也の頭をこつんと軽く叩く。椎也はそんなふうに想ってくれていたんだ。一緒にいるとなんとなく伝わってきていたけど、はっきりとした言葉で初めて聞いた。

「でも、やっぱり、椎也くんの口から聞きたいよ……。もう一度話がしたい」

楓は涙を流す。涙は頰を伝い、眠る椎也の額に落ちる。

自分を鎮めるために楓は大きく息を吸う。

「ミナモトさん、わたしの残りの余命を椎也くんにあげて」

ミナモトが首をゆっくりと振る。

「それはできないでござる。楓殿の願い事はすでに尽きておる」

「なんとかしてよ。少しでも長く生きれば、椎也くんが目覚めるかもしれない。それができないなら、わたしを今ここで殺して！」

「それもできん。運命は決まっているでござる。楓殿もあと二十五日で死を迎える。それまでに死ぬことは許されん」

楓はため息をつき、うつむく。

それを待っていたら、椎也は死んでしまう。

顔を上げて、楓は眠る椎也の顔を見る。

楓は自分のスマートフォンを取り出し、文章を打ち込みはじめる。

「なにをしているでござる？」

ミナモトが画面をのぞこうとする。

「あなたは知っているでしょ。人の運命がわかるんだから」

「そのはずなのだが、なぜか楓殿のやろうとしていることが見えん」

ミナモトが不思議そうな顔をする。

「あなたのことを暴露する文章を書いているの。できあがったら、ネットを通じて全世界にばらまく。そうすれば、世界中の人が死神の存在を知ることになる」

「待つでござる！　拙者のことを他人に教えるわけにはいかぬ。そんなことはさせないでござるよ！」

「させないってどうするの？」

スマートフォンの画面から楓は顔を上げる。

「他人へ教える前に、楓殿の命を奪……、そうか、そうでござったか、楓殿が死神のことを暴露しようとすれば、拙者が楓殿を殺さないとならない。自分が関係する運命は拙者にもわからぬから、楓殿の行動が見えなかったでござるか」ミナモトが得心した声を出す。

自分の考えが間違っていないことがわかり、楓は文章を仕上げに掛かる。

「やめるでござる！　楓殿の余命はまだ残っているのですぞ！」

ミナモトの言葉を無視して、楓は文字を打ち続ける。

「できたわ。これから送信する」

「待つでござる！　待つでござる！　秘密をばらされる前に、拙者は楓殿を殺さなければならないでござるよ！」

ミナモトが慌てる。

「お願い、ミナモトさん。わたしは自分で死ぬこともできない。こうするしかないの」

楓が潤んだ瞳でミナモトを見つめる。

ミナモトが言葉に詰まる。

楓はベッドの椎也に顔を近づける。

「さよなら、椎也くん」

楓は眠る椎也に口づけをする。

スマートフォンの画面をミナモトに見せるように摑んで、楓は送信ボタンを押そうとする。

楓の指が画面に触れる寸前で、ミナモトが目を強く閉じる。
その瞬間にスイッチが切れたように楓は意識を失う。
力が抜けた楓の体が椎也に覆いかぶさった。

第二章　ふたりの余命

椎也X日　楓X日

柔らかい場所に立っていた。

辺りは暗く、前も後ろもぼやけてよく見えない。

ここが死後の世界なのかと椎也は思う。以前の椎也はそんな世界があることを少しも信じていなかったが、死神が存在するなら死者のための世界があっても不思議ではない。漫画の主人公が呟いたように、こんなことはよくある、漫画や映画でうんざりするほどたくさん観てきたのだから。

自分の存在があやふやなまま、椎也は足を動かす。暗い地面の底が揺らいでいて、ひどく歩きづらい。ここは海の底なんだと椎也は思う。

ようやく少し進むと、斜め前にうっすらと光を帯びた人が現れる。走る電車の車窓に流れ去る遠くの風景のように、その人の姿は後方へ流れていく。あれはミナモトだ。彼は俺と楓に余命を告げた死神だ。

楓。そう、楓はどうなったのだろう。古いビルの屋上で俺は男に襲われた。男を倒したつもりだったが、なにかを拾おうとして、男に逆襲されて屋上から落ちたのだ。拾おうとしたのは……、楓が描いた絵だ。短い余命の中で彼女が希求したもの。あの絵が彼女の許に戻っていたら嬉しい。

自分は彼女に救われた。将来に絶望し、いつ死んでもいいと投げやりだったのに、彼女がいたから小説を再び書く気になり、残りの人生を執筆に費やすことができた。結局、完成させることはできなかったが、それでも人生の最後に潤いを与えてくれたのは楓だ。最後にもう一度彼女に会いたかった。会って、自分の想いを伝えたかった。

ミナモトの姿が後方へ消える。

揺らぐ水中の奥から眩い光の列が現れる。

椎也は目を細める。光の中にひとが立っている。父だ。自分が小学生のときに亡くなった父だ。先祖がいる死後の世界も漫画や映画でよく観た馴染みの光景だ。

父はこちらに手を振るでもなくぼんやりと立っている。久々の再会なのに無愛想だ。死ぬ直前の痩せた姿ではなく、椎也の記憶にある元気だったときの姿のままだ。

椎也の姿を認めたのか、父は顔をしかめる。息子の夭折《ようせつ》を少しは哀れんでくれてもいいと思うけど、早すぎる息子の死に立腹しているようだ。

水に流されるように椎也は父の前にたどり着く。

「父さん」声を出したつもりだが、届いたかどうかわからない。「久々だね」

気が利いた言葉とは思えないが、他に掛ける言葉は思い当たらない。「おげんきですか？」はこの場にもっともふさわしくないだろうし。

「椎也までこっちへ来てしまったら、母さんが寂しがるだろ」父が口を開いた。水の膜を通して聞こえるようなくぐもった声だった。

「そうは言っても、寿命なんだから仕方がないだろ」

あちらの世界にいる母を椎也は思う。ひとり残された母の痛切さを思うととても辛い。それが避けられない運命だとしても。

「自分は若くして亡くなった。それでも四十まで生きられてよかった。パン屋になる自分の夢を追いかけられた」自分の記憶の中と同じ口調で父が話す。「椎也にも夢を追いかけてほしい」

死んだ人間に無茶を言うな。すでに手遅れだ。

「父さんはパン屋になれなかったじゃないか。無念じゃないのか」

「夢は叶わなくても、夢の方角を向いて死ぬことができた。母さんと椎也には感謝している」

彗星《すいせい》のように尾を引いて小舟が近づいてくる。その舟が父のいる場所に着くと、舟の光を受けて辺りが輝く。海の底にいると思っていたのに、いつのまにか岸辺にいる。

舟には侍姿のミナモトが立っていた。

「行くでござる」

行くって、どこへ？　天国か地獄か。この先があるなら、今いるここはどこなんだ？

小舟の上からミナモトが手を翳す。自分の意思ではなく、体が勝手に動き、椎也はへりを跨ぎ、舟に乗り込む。

ミナモトが手を動かすと、誰も漕いでいないのに舟はゆっくりと静かに動き出す。

小舟は父のそばを離れる。波のない暗い海を見下ろし、再び顔を上げると、父がいる岸は、いつのまにかかなり遠ざかっていた。岸のきわに立つ父は微笑んでいるように見える。

椎也は目を開ける。長く闇の中にいたみたいに、とてつもなく眩しく、すぐにまた目を瞑る。

「椎也！」

耳元ではっきりと声がした。さっきまでの父の声とは違う。空気が震えた生々しい声。母の声だ。

椎也は目覚める。

硬直した首をなんとか曲げると、母の顔があった。母は泣いている。眼鏡を取り、涙を拭っている。

「椎也……、椎也……、良かった……」

母が顔を近づけ、頬を寄せてくる。

計器の音がする。覚えがない部屋。仰々しいベッド。ここは病室なのか。

母が椎也の頬を触りながら、もう片方の手でナースコールのボタンを押し、椎也が目覚めたことを告げる。

計器、病室、ナースコール、そして母。ここは死者の世界ではない、現実の世界だ。

自分は還ってきたのだ。

こんな光景も映画や漫画で散々観てきた。だけど、自分がこの場にいられる嬉しさは映画や漫画では決して味わえない。

自分はまだ生きている。椎也は自分の指を一本ずつ動かす。指の先から伝わる生を実感するのと同時に、自分の生と同じぐらい大切な人の名を思い出す。

「……楓は？」

乾ききった口を動かし、椎也はなんとか言葉を作る。屋上に残された楓は無事なのか。

その問いを聞いて、眼鏡を外した母がうつろな瞳をこちらに向ける。

言葉を発することなく、母が抱きついてくる。答えの代わりに、声を上げて泣く。こんな母の姿を見たことがない、父が亡くなった時でさえも。

「……楓さんは、二ヶ月前に亡くなったの……」母が声を絞り出す。

全身が震え、心がしめつけられる。

「そんな……、そんな馬鹿な！　俺は楓を助けた！」

「椎也、落ち着いて……」

潰れていく心とは反対に眠っていた頭が動きはじめる。

「今日は何日？」

「十一月十一日。もう秋よ。あなたは五ヶ月間ずっと眠っていたの」

十一月？　余命はもうとっくに尽きているはずだ。十月十五日に自分たちは一緒に命が果てるはずだった。同じ余命の楓が二ヶ月前に死ぬわけがない。自分だけが余命を過ぎても生きていて、楓だけが余命があるうちに死んだ。どういうことだ？　なにがあったんだ？

椎也は体を起こそうとする。硬直した体から激しい痛みが生じて、思わず声が出る。

「まだ無理よ」

肩を抱いて、母が制す。

「楓を探す。俺が生きているなら楓も生きているはずだ」

痛みに耐えながら、椎也はベッドから足を下ろそうとする。

「楓さんは他のどこにもいない。楓さんはあなたの中で生きているから！」

母が叫ぶ。

病室のドアが開き、大勢の医師と看護師が入ってきた。

動きはじめた頭が混乱する。

一体、どういうことなんだ？

医師と看護師が瞳孔や脈、体温を確かめる。古い車庫から発見されたクラシックカーみたいに、椎也の体を一箇所ずつ点検した。

その間、椎也はなにも考えないように心を閉じて、医師にされるがままにしていた。

すぐにできる検査は一通り終わり、容態が急変する可能性が低いのを確かめると、医師と看護師全員が病室から一旦引き上げた。

「なにがあったかすべて教えて」

ベッドのリクライニング機能で体を起こした椎也は母に尋ねる。

「落ち着いて聞いてね。あなたは犯人と格闘して、屋上から落ちたの」

「それは覚えている」

「落下したときに頭と体を強く打ち、あなたの腎臓は激しく損傷して、意識を失った」

医師としての冷静さを取り戻し、今の感情と折り合いをつけようと懸命に努力しながら母が話を続ける。「腎機能を損傷したあなたは、腎臓移植を行わないと長くは生きられない状態だった」

「たしか母さんは生まれつき腎臓が弱いよね」

沈痛な面持ちで母が頷く。自分の死を承諾するときでも、こんな辛そうな表情をしないだろう。

「私があなたに腎臓をあげられれば、どんなに良かったか……。生体移植を行えるのは親族に限られているから、腎臓移植を行うために、あなたが意識を取り戻したら適合するドナーを探そうと楓さんと話していた」

母と楓が話す姿を見たことはないが、なんとなく想像できる。ふたりはきっと気が合ったと思う。

「楓さんは毎日ここに来てくれて、あなたに本を朗読してくれていた」

楓がここで本を読んでくれたのか、自分が楓にしたみたいに。

「あなたが意識を失ってから三ヶ月後の九月二十日。彼女はいつものようにここに来て、朗読をしていた。この本よ」

母が本を手渡してくれる。

『若者たちの午餐《ごさん》　勝田敦』

勝田の本だが、見たことがない。奥付を見ると「九月十日第一刷発行」とある。勝田の遺作だ。無事に出版されたんだ。

「夕方の検温に看護師が来たときに、彼女はここで亡くなっていたの。彼女はあなたの体に覆いかぶさって目を閉じ、微笑みを浮かべていたそうよ……」母の声が震える。

楓がここで死んだ？

「死因は心不全。だけど、どうして彼女の心臓が止まったのか解剖してもわからなかった。医師である私が言ってはいけないのだけど、病気や怪我ではなく、彼女の心臓はその時が来たから自然に止まったように思う」

楓の余命が尽きる前に、彼女の心臓がひとりでに止まった？　そんなことがあるのか？

椎也は心が潰れないように息を大きく吸う。

「もっと不思議なのは、亡くなった楓さんの服のポケットに臓器提供意思表示カードと手紙が入っていたこと。カードには自分が脳死か心臓停止したときは臓器を提供する意思表示がしてあった」

「手紙には、楓の手紙にはなにが書かれていた？」

「楓さんの手紙には、あなたが重体になった姿を見て、臓器を提供する考えに至ったとしっかりした言葉で書いてあった。自分にもしものことがあったらすべての臓器を病気の人へ提供すると宣言していた。手紙の最後には、自分の腎臓を椎也のために使ってほしいとあった。楓さん、すごく調べたのね。あなたと自分のヒト白血球抗原の型が近いから、自分の腎臓があなたに適合していると医学的に説明していた」

以前に受けた精密検査の結果を彼女に預けていた。

「あまりにも偶然が重なっているので、医師は自殺を疑った。当然よね。臓器を提供したい人の病室でドナーになりたい人が突然亡くなったわけだから。だけど、体内から薬物は検出されず、自殺の痕跡はなにひとつ発見できなかったから、監察医は自然死だと断定した」

「楓の両親は？」

椎也は慎次と瞳の顔を思い浮かべる。彼らが娘の臓器提供を承諾するとは思えない。

「もちろん最初は驚いて狼狽《ろうばい》されたわ。でも、手紙を読んで、娘さんが真剣に考えて決断したことを理解して、最後は臓器提供を了承してくれた。無意識状態の人間への臓器移植は前例がほとんどないけど、楓さんの意思を尊重して特別措置として行われた」

椎也は患者衣の前を開けて、自分の下腹部を確かめる。臍の下に手術痕があった。暴行で受けた古傷を否定するように、新しい傷はその上を斜めに延びていた。

「その傷の奥で楓さんの腎臓が動いている。あなたの体の中で楓さんの臓器が生きているのよ」

腎臓があると思われる箇所に手を当てると、温かみが伝わってくる。その体温は自分のものであり、自分だけのものではない。楓の腎臓がこの中で生きている証だ。

「ごめん、ひとりにさせてもらえるかな」

少し間を置いてから母は頷き、病室を出る。

椎也は久々の息を吐き、目を閉じる。なにも聞こえない、自分の心臓の音でさえも。余命が尽きる前に楓が死んだ。余命が尽きたはずなのに自分はまだ生きている。死神が伝えた告知に間違いはない。願い事でふたりの余命は同じ長さになり、同じ日に亡くなるはずだった。

それがどうして変わってしまったのか。なんで自分だけがまだ生きているのか。

椎也は手術の痕をさする。この中で楓の腎臓が動いている。楓が自分を生かしてくれている。

「楓……」

椎也は自分の体と楓の腎臓を両手で抱きしめながら、震えて泣いた。

翌日から様々な精密検査が行われた。筋肉と心肺機能が少し衰えている以外に目立った問題は見つからなかった。楓の腎臓も正常に動いていて、血液をきれいにして戻す作業を絶えず実直に行ってくれている。

意識が戻ると、肉体も一緒に目覚めたように回復のピッチを上げた。最初はトイレへ歩いていくのも辛かったが、リハビリがはじまり数日経つと自力で歩けるようになった。ただ、自分を守るために鍛えた筋肉は戻らず、四年前の細い体格に戻った。

晃弘がひとりで病室に来た。

「よう！　元気そうだな！」病人には不適切な晃弘の発言も、彼の笑顔も懐かしい。

「見舞いの品だ」

晃弘が寿司桶みたいに大きなトレイを差し出す。

中には、たくさんの餃子が並んでいた。

「手作り餃子《ギョウザ》百個だ。遠慮しないでたっぷり食ってくれ」

「多すぎだろ」

「まだ体調が悪いのか？」

晃弘が心配そうな顔をする。

「体調万全でもこんなに食えるか」

「せっかく、一生懸命ふたりで作ったのに失礼な奴だな」

晃弘と紬の付き合いは続いているようで、安心した。

「紬さんは来なかったのか」

「あ、ああ……、実はそこの廊下で待っている」

「なんだよ、ここに連れてくればいいじゃないか。ひとりで来るから、ふられたのかと心配した」

「ふられるわけがないだろ、ラブラブだ」

「だったらなおさら……」

「楓さんを喪ったおまえの前にふたり揃って出てくるのは、なんとなくな……」

晃弘がもじもじする。

「おまえらしくない。ここに呼んでくれ」

「おまえがよければ。紬も会いたがっている」

今度はふたりで現れた。久々に会った紬は少し大人びたように見えた。ふたりが並ぶ姿はとても自然だが、紬の表情からは彼女の緊張が見て取れる。

「紬さん、楓を守れなかった。ごめん」

椎也は頭を下げた。

「楓は病気だったのよ……。かわいそうだったけど、椎也くんのせいじゃない」

紬が首を振る。

「その場にいたのに、楓のために俺はなにもできなかった……」

少し悩んだのち、紬は口を開いた。

「楓は毎日ここに通っていたから、会えてなかったんだけど、亡くなるちょっと前に電話をくれたの。電話で楓は後悔していた」

「後悔？」

「椎也くんが元気なときに、きちんと話せばよかったたって。長く一緒にいたのに、本当に言わなければいけないことを言わなかったたって」

それは自分も一緒だ。

「椎也くんが元気になったら、また話せると慰めた。彼女、泣いていたから。でも、たくさん泣いたら、いつものような口調で、彼女、最後に言ったの。後悔もひっくるめて、今の自分だから、過去を否定しないって。なかったことにしないって」

紬の目に涙が溜まる。

「楓らしい」

椎也は自分の腹に手を当てる。

「そうね。楓にまた会いたい」

紬が寂しげな笑みを漏らし、晃弘が紬の肩を抱く。

心を追い越して、肉体は順調に回復し、椎也は退院した。母と戻った久々の我が家はなにも変わっていないはずなのに、どこか違って見えた。家の中だけではなく、外の世界のすべてが変わって見えた。冬が近づいているからか世界は色を失い、哀愁が漂っていた。

　半年ぶりに自分の部屋からノートパソコンを食卓に持ち出し、立ち上げる。未完成の小説がそこにあった。完成したら真っ先に楓に読んでもらう約束は果たせなかった。自分がもっと早く書けばよかったのだ。また新たな後悔。こうやって、やるべきだったこと、言うべきだったことを見つけては悔やみ、これからの自分は暮らしていくのだろうか。

　出版社からメールが届いていた。勝田の担当編集者だった田崎が会いたいと三ヶ月前に連絡してきていた。だが、田崎に会う前に行くべきところがある。

　退院翌日に、椎也は通学とは異なる電車に乗って出かけた。

　駅前からよく整備された街路樹が並ぶ坂道を上り、余白が多い住宅街を歩く。迷わず、楓の家へ到着した。

　予め連絡しておいたので、楓の両親が揃って迎えてくれた。

「ご無沙汰《ぶさた》しています」椎也は頭を下げる。

「体調は？」真っ白なニットのセーターを着た瞳が心配そうに声を掛ける。

「大丈夫です」

　広いリビングに通される。マセキが侵入した窓ガラス、車が買えるほどの値がついたジャズのレコード、大きめのラウンドソファ、楓がいたときと変わっていない。唯一変わっているのは、部屋に楓の遺影が飾られていることだ。

「和室もあるけど、使っていないから、楓ひとりでいるのは寂しいかと思って」椎也の視線に気づいた瞳が説明する。

「失礼します」

額の中の楓はとても元気そうな笑顔で、すでに亡くなっているとはとても思えない。椎也は線香を捧げて、目を閉じる。

一礼してソファに座り直す。

「私は謝らないぞ」茶色のカーディガンを羽織った慎次が突然口を開いた。「楓が亡くなってから二ヶ月が経つが、私はまだ混乱している。なにが起きて、どうしてこうなったのか、まったく理解できていない」

自分の身に起きたことが信じられないといった表情を慎次はしている。瞳が慎次の肩に優しく触れる。椎也は黙って、次の言葉を待つ。

「半年前に起きたマセキの事件で、君は負傷した。不起訴にはなったが、マセキのことを隠していた私にも事件の責任はあるから、本来は君に謝罪しないといけないし、マセキから楓を守ってくれたことには感謝している。

だが、君が眠っている間に、楓は亡くなってしまった、君の病室で。最初はとても信じられずに移植のことなど考えられなかったが、最後は楓の遺志を尊重して、臓器提供に承諾した。君は楓の腎臓によって回復し、今、私たちの前に座っている。だが、楓は体を切り刻まれて、死んでしまった。楓はもういないんだよ。おかしいと思わないか？

だから私は謝らない」

慎次が涙を浮かべてうなだれる。

瞳が両手を夫の肩に添える。

「ごめんなさいね。この人、まだ混乱しているの」

「なにを言われても当然だと思っています」

「正直に言えば、私も混乱している。だって、そうでしょ。ありえないことが現実に起こったの。あなたは意識がなかったわけだから、少しも悪くない。それはわかっている。なにかしたとしたら楓よ。だけど、私は楓が自殺したとはどうしても思えない」

椎也はなにも言えない。死神のことを知ったら、楓の両親の心は晴れるだろうか、いや、晴れないだろう。今よりももっと不可思議な混迷の中で彼らは生きることになる。

瞳が自分のバッグから取り出したものを椎也の手のひらに載せる。

鈍く光る短い棒状の金属。

「楓さんの腕に入っていたボルト」

とても軽い。その軽さが、ここにいるべき人の不在を伝える。

「楓のお骨と一緒に出てきたの。楓はあなたにあげたかったと思うけど、これは私がもらうわ。あなたには楓の腎臓があるから」

椎也は頷く。

瞳がボルトを大事そうにしまう。

「亡くなる一週間ぐらい前に楓がフレンチを食べたいって言い出したの。珍しいなと思いながら、三人でビストロへ行った。家族で外食するなんて本当に久しぶりだった。学校のことや、あなたに読んだ本のこととか楓がたくさん話してくれた。あれは、虫の知らせっていうものだったのかな」

　重い沈黙が光溢れる広々としたリビングを覆う。

「二階を見せてもらってもいいですか」

「ええ、いいわよ、もちろん。あれからあまり二階には上がっていないから、埃が積もっているかもしれないけど」

　瞳が少し首を曲げて了承する。

　椎也は深く礼をして立ち上がる。

「あなた、また小説を書くの？」瞳が尋ねる。

「ええ、そのつもりです」

「そう。ずっと書き続けなさい。食事をしながら、あの子が言ったの。あなたの小説が大好きだって、新作が読めるのが楽しみだって。まだあなたが目を醒ます前だから、返す言葉に詰まったけど。書いていて辛いこともあるでしょうけど、やめないで。それだけがあなたに私が望むことよ」そう言うと、瞳は顔を両手で覆い、嗚咽した。

　椎也はもう一度礼をして二階へ上がる。

　楓の部屋は整理整頓されていた、まるで自分がここからいなくなるのを知っていたかのように。本棚には新しく加わった医学書を含めて多くの本が整然と並んでいる。

ベッドとローテーブルの間の隙間に目をやり、在りし日の光景を思い浮かべて、椎也は目を細める。

楓の部屋を出て、隣のドアを開ける。楓に内緒で入ったときと同じく、家具がない空間の中央にイーゼルが立っていた。

あの日は真っ白だったキャンバスには絵が描かれていた。右下に楓のサインがしてある。それは水族館の絵だった。ふたりで行った水族館。なにも泳いでいない水槽の前で手を繋いで眺めるふたりの男女を背後から描いている。

命日は一緒にいようと、この場所で話したのに、その約束を果たせなかった。椎也は絵の中の少女にそっと触れる。

楓はこの絵を完成させるために全力で取り組んだに違いない。昼間は病室で朗読をして、夜はキャンバスに向かった。雲と空の絵も好きだが、この絵も椎也は気に入った。

この絵の中には、ふたりがいる。

雲と空の水彩画はどこにいったのだろう。楓の部屋にはなかった。

椎也は油絵の裏に回る。キャンバスの後ろに封筒が挟んであった。

開けると、中から絵と原稿用紙が出てきた。絵は雲と空を描いた水彩画だ。あのとき摑んだ絵は、楓の許へ戻ったんだ。本当によかった。椎也は改めて絵を眺める。空はどこまでも青く、雲はどこまでも白い。自分が初めて書いた小説の一節だ。

原稿用紙には懐かしい文字が並んでいた。中学生の椎也が書いて賞をもらった小説のコピーだ。楓はこれをどこで入手したのだろう。

椎也はその場で昔の小説を読み直す。今の文章よりも粗いし、不出来な部分も多いが、なにかを書きたい熱情は充分に伝わってくる。今より若い自分が抱いていた、どこにももっていきようがない粗雑な感情と無垢な心が文章に残っている。

結末まで読み終えて、次のページを捲《めく》ると、封筒が貼りついていた。封筒の表には『椎也くんへ』とある。

楓からの手紙だった。

純喫茶カトレアで編集者の田崎と待ち合わせた。

「この喫茶店は覚えていますよ。コーヒーがめちゃくちゃおいしかったですよね」田崎が笑顔で話す。「小説は書き上がりましたか」

「まだです。連絡が遅れてすいませんでした」

「元気でよかったです」

彼は事件のことを知らないらしい。

髭を伸ばして完璧になったマスターが淹れたてのホットコーヒーを運んでくれている。

「今日は、この前いた女の子は来ないんですか？」

マスターが盆を落とし、がしゃんとコーヒーカップが割れた音がした。青ざめた顔をしたマスターが頭を下げて謝り、慌ててコーヒーを淹れなおしにカウンターへ戻った。

　マスターにはなにも話していないが、この近所で噂になったのか、楓になにがあったかマスターは知っているようだ。

　椎也は曖昧に答える。ここにいないけど、ここにいると説明しても田崎は理解できないだろう。

「川上さんはプロットを作るのですか」

　プロットとは物語の要約だ。筋書きを予め決めてから、書きはじめたほうがいいと、小説執筆の指南書には必ずある。

「いいえ。まずは本編を書いてから、おかしい点を後で修正していきます」

「そうですか、勝田さんと一緒ですね。勝田さんは即興性を大事にしていました。最初に筋書きを決めてしまうと物語が死ぬと言っていました。まあ、最初だから、まずは書き上げて、そのあと一緒に改稿していきましょう。やっぱりおいしいですね、ここのコーヒーは」

　にこやかに話す田崎に椎也は黙ってしまった。

「どうしました？　作家というのはひとりで全部の仕事をしたい人だとは理解していますが、多くの作家が編集者と協働作業で作品を完成させるものなんですよ」

「ひとりではなく、多くの人の手で作品を作り上げるのはわかっていますし、協力していただけるのはとても助かります。でも、どうして高校生の無名な自分のためにプロの編集の方がそこまでやってくれるのですか。自分が何者でもないのは、自分が一番よく知っています」

なるほど、なるほど、と田崎が頷く。

「本音を言えば、勝田さんに頼まれたからです。あなたをサポートしてほしいというのは勝田さんの遺言みたいなものでした。ですが、それだけではありません。賞をとった小説を読ませてもらって、先を目指せる人だと直感しました。ただの石をどんなに磨いても光りません。冷たいようですが、商売ですから、売れない作家を育てたくはありません」

必ず作品を完成させると椎也は約束した。

椎也は執筆を再開した。最初は書けるか不安だったが、ノートパソコンに向き合うと、すぐにその世界に没入することができた。自分が作り上げた登場人物たちは待っていたかのように動き出し、互いに話しはじめた。

マセキの事件のあと、閃輝暗点が再発することはなく、頭痛に悩まされることもなかった。まるで楓の腎臓が悪い気を濾過《ろか》してくれているように。

食卓で書くときは、傍らに未開封の楓の手紙を置いた。楓が読みたがっていたこの小説を書き上げたら、開封するつもりだ。

自宅静養中は常に書いていた。現実の世界より小説の世界にいるほうが楽だった。現実の世界と異なり、小説の世界には身を切るような悲しみは存在せず、そこで生じる感情は自分ですべてコントロールできた。

執筆に疲れると、腹の傷に触れた。その奥には楓の腎臓がある。楓の温かみを感じ、楓に思いを馳《は》せると、再び小説の世界に入り込むことができた。

だが、ずっとひとりでいて誰とも話さないと、小説と現実のどちらが自分の世界なのか境があやふやになってきた。昼と夜の境も失われた。

二週間そんな生活を続けると、このままではいけない気分が強くなってきた。外に出て、人と話すべき時が近づいている。

椎也は久々に登校した。高校二年生の十二月の教室では大学受験に向けた勉強がすでにはじまっていた。生徒のほとんどが休み時間も自習している。以前はスタートを繰り返す彼らの生き方を軽蔑《けいべつ》したが、それが本人の選択なら他人があれこれ言うべきことではないし、どんな人生でも選べる道があることは幸せだと椎也は考えるようになっていた。

長期で休んだこと、亡くなった楓のことをあれこれ聞かれることはなかった。他人の人生に踏み込まないクラスメイトが今の椎也にはありがたかった。

晃弘だけが椎也に声を掛けて迎えてくれた。

「クリスマスには彼女のために本格七面鳥料理をごちそうしようと思ったのに、日本では入手が難しいのな。いろんな食べ物が溢れているのにおかしくないか？　権力者のために国会議事堂の地下には七面鳥の飼育場があるらしいぞ」

半年間の空白とその間に起きたことには触れずに、グルメと陰謀論をハイブリッドした話をする晃弘に救われる。

学校帰りに、堤防沿いの道に寄った。初めて楓と出会った場所だ。あの時は車が一台も通っていなかったが、今は多くの車が行き交っている。交通標識も新設されていて、センターラインも新たに引き直されている。新しい道の入り口には『道路を改修しました』と掲示がしてある。

歩道に生えていた雑草は刈られていて、黒猫をどこに埋めたのかわからなかった。過去の風景がまたひとつ変わってしまった。

家に帰ると、小説の続きを書いた。物語は終盤に差し掛かっているが、どのように終わらせればよいか椎也は悩む。結末に至る道が見えてこないのだ。

椎也は腹の傷に触れる。だけど、その夜はいつもの夜とは違っていた。傷から伝わるのは温かみでも希望でもなく、絶望だった。

小説を書き上げても、楓はここにはいない。完成した小説を読むことはない。彼女が残した手紙を読んで楓の心がわかっても、彼女の心に触れることはできない。歩む先にあるのは断崖絶壁のような深い絶望だ。

そう考えてしまうと、物語はもう一歩も前に進まなくなった。家の中にいるのに嫌な風が自分に吹きつけているように感じる。

椎也は目を閉じる。光の歯車は見えないし、頭に痛みもない。だが、別のものが見えるようになった。黒いレインコートの男だ。芥川龍之介の『歯車』で主人公につきまとう死の影のような男だ。

椎也は夜中に家を出る。母の静恵は夜勤で今日は戻ってこない。

終電間際の電車で、都内へ向かう。

都内北西部にある駅を降りて、記憶を頼りにその場所を探す。今日は誰も導いてはくれない。環状道路から少し入った再開発を待つ空き地にその建物は残されていた。間違いない、ここだ。半年前、楓はこのビルに監禁されて、椎也は屋上から転落した。

ビルの所在を確かめると、椎也は一本の添付ファイル付きメールをスマートフォンから送信する。送信を無事に完了した通知が届いた。

椎也は廃ビルを見る。道路の明かりもここまでは届かず、辺りは闇に沈んでいる。警察が設置した立入禁止のテープはまだ残っているが、警官の姿はすでにない。

テープをくぐり、壊れた扉からビルに入る。

持ってきた懐中電灯でビルの内部を照らす。ロッカーや壊れた椅子が転がっている。

懐中電灯を近くのスチール棚に置いて、椎也は上着から楓の手紙を取り出す。懐中電灯の明かりを照らして、やけに白く見える封筒の端を指で切り、便箋を取り出す。便箋には手書きの楓の文字が並ぶ。読む人のことを考えた丁寧な文字だ。

階段をゆっくりと上りながら、手に持った懐中電灯で照らした手紙を椎也は読みはじめる。

『椎也くん、ご無沙汰しています。体は回復しましたか？　今日は九月十五日です。昼間は快晴で、夜は星がきれいです。あと一ヶ月後に、わたしたちの命は最後の日を迎えます。

最後の日はどんな日でしょうね。若い男女の命が消えるのにふさわしいのがどんな天気かわからないけど、晴れでも雨でもいい気がします。なんだかこうやって書くと、わたしたちは心中するつもりだったみたいですね、太宰《だざい》みたいに。

もちろん、わたしたちは心中しようとしていたわけではないし、あなたは自分が今生きていることに後ろめたさを感じる必要はないです。わたしたちの余命は決められていて、わたしたちができたのは、ふたりで余命を融通し合うことだけだったのですから。

わたしはいくつかあなたに謝らないといけません。

まずひとつ。半年分の余命をくれたことにきちんとお礼を言っていませんでした。一年しかない人生の半分を他人にあげるなんて、普通の人にはできません。お金がなくて帰れない人に電車賃を渡すのとは重みが全然違います。なんだか申し訳なくて、とても嬉しかったのに、わたしはあのときごまかしてしまったように思います。ごめんなさい』

紛れもなく楓の言葉だ。謝ることはない、余命を揃えたことで俺も楽になれたのだから。

椎也は楓の言い方を懐かしく思い、ひとつひとつの言葉を噛みしめながら暗い階段をゆっくりと上る。

『どうしてこうなったか。ふたりで同時に死ぬのではなく、わたしだけが死に、椎也くんだけが運命の日を跨いで生きていることを不思議に思っているかもしれません。でも、頭のいい椎也くんなら、とっくに気づいているかな』

大体わかっている。楓が俺を救ってくれたのだ。

『椎也くんは屋上から落ちてふたつ目の腎臓を失いました。このままでは意識がないまま、余命どおりに死んでしまうことになります。

椎也くんのお母さんに聞いたら、親族以外の生体腎移植は許されていないということでした。仮に医師が許可しても、わたしの生きた体から腎臓を摘出することをわたしの両親は決して許さないでしょう。生きているわたしが椎也くんに腎臓をあげることはできないのです。ただ、脳死や心臓停止で亡くなったドナーからの移植は他人でも可能です。

わたしは医学書と、ふたりの精密検査の結果を調べて、わたしの腎臓があなたに移植できる確証を得ました。

あとは、どうやって自分が死ぬかだけです。わたしたちは余命を全うするまでは死ねません。椎也くんが海に沈んで試しましたよね。あの時はとても驚きましたが。

以前、ミナモトさんが言ったことを覚えていますか？　死神の存在を他人に伝えようとしたら、秘密を守るためにその場で殺すと。

わたしが秘密を暴露しようとすれば、ミナモトさんはわたしを殺さなければならない。それが、余命が尽きる前にわたしが死んで、あなたに腎臓をあげられる唯一の方法なのです。

その行為でわたしの運命が変わり、本来は実現しなかったはずの腎臓移植が行われて、椎也くんの余命も変わったはずです。自分が関与しているから、ミナモトさんもこの運命の変化を知ることはできないのです。

わたしの企みが成功したかどうか、残念ながらわたしには確かめる術はないけど、この手紙を椎也くんが読んでいるということは、成功したということですよね？』

階段の踊り場で立ち止まり、椎也は大きく息をつく。俺を生かすために、楓は自分の余命を犠牲にしたのだ。

椎也は壁に手をつき、階段をまた上る。

『なんでそんなことをしたのか、どうして自分が殺されても椎也くんには生きてもらいたかったのか。それを伝えたくて、わたしはこの手紙を書いています。もともと、この余命は椎也くんに譲ってもらったものです。残りの余命はあと一ヶ月。それで椎也くんが今後も生きられるなら、悪くない取引だと思います。

わたしは椎也くんの小説が大好きです。本当は出会う前に、椎也くんの小説を読んでいました。ミナモトさんからあと一年の余命を宣告されて、わたしは落ち込みました。正直に言うならひとりで毎日泣きました。まだやりたいことはたくさんあるのに、自分ひとりだけがこの世界からいなくなるなんて。その悲しみを独りで抱えることに耐えきれなくなりました。そんなときに、椎也くんの小説に出会いました。現代文の明石先生が原稿用紙のコピーを持っていて、本好きのわたしにくれました。

　椎也くんの小説をわたしはとても気に入りました。少し大げさな言い方で、椎也くんは嫌がるかもしれないけど、椎也くんの小説がわたしを生かしてくれたのです。

　先生は同じ学校に作者がいると教えてくれました。自分を生かしてくれた小説の作者に興味を持ち、椎也くんをしばらく観察していましたが、話しかけることができませんでした。だって、わたしはなにもできないのに、椎也くんは小説を書いて賞までもらっている。それにわたしはあと一年余りで亡くなる。それを隠して新たな人と知り合うのは不適切な気がしたのです。

　でも、願い事により椎也くんの余命が二年だと知り、わたしは椎也くんと出会うことになりました。そのあとは椎也くんが知っているとおりです』

　明石先生が楓に俺の小説を渡してくれたのか。

『余命短いのに、わたしは空き巣の犯人捜しに椎也くんを駆り出してしまいました。

　これがふたつ目の謝罪ポイント。犯人捜しにあなたを巻き込むべきではありませんでした。その結果、あなたは腎臓を失うことになってしまったのですから。本当にごめんなさい。

でも、ただの好奇心で犯人捜しをしたわけではないことは説明させてください。あの犯人、マセキがわたしの部屋から盗んだのは、わたしが描いた水彩画とあなたの小説のコピーが入った封筒でした。マセキが父の隠した契約書だと思って封筒を持っていったのか、彼のクリエイターとしての好奇心が作用したのかはわかりませんが、彼は持ち去っていってしまいました。どうして小説と絵を一緒の封筒に入れておいたのかわかりますか？

わたしにはなにもありません。あなたのように小説を書くことはできません。唯一少しできたのが絵を描くことです。子供のときから、母に強いられて絵画教室に通っていました。あなたの小説を読んで、わたしは久々に絵筆をとりました。あなたの小説をイメージしながら、夢中で絵の具を塗りました。あんなに熱中して絵を描いたのは初めてのことでした。特別な体験でした。描いたのは、意識を失ってもあなたが離さないでいてくれた雲と空の絵です。あなたの小説を読んで頭に浮かんだ風景を描写しました。

本を読む人間の常として、わたしはよく空想します。恥ずかしいことなのですが、あなたの小説の表紙に自分の絵が使われたらいいな、と妄想していました。わたしの絵が表紙になっているあなたの小説が本屋に並んだら、どんなにすてきだろうと。絵を盗まれて、他の絵を描こうとも思いましたが、あなたの小説を読んで描いたあの絵はわたしにとってかけがえのないものでした。だから、あなたの小説とわたしの絵が入った封筒を犯人から取り戻したかったのです』

　椎也は立ち止まり、暗い階段の先を仰ぐ。自分はなにも知らなかった、彼女の希望も、彼女がなにを考えていたのかも。一体なにを見て、なにを俺はしていたんだ。

『犯人を捜しながら、わたしたちはいろいろなところへ行きましたね。あなたは海に入って自分の余命を確かめ、プールでは身を挺《てい》してわたしを守ってくれた。テーマパークで一緒にジェットコースターに乗りました。勝田さんの部屋で開いた焼肉パーティー、一日かけてじっくり回った水族館。どれも、とても楽しいすてきな思い出ばかりです。それらのあなたとの思い出を抱きながら、わたしはこの世から消えます。

　椎也くん、いえ椎也と呼ばせてください。椎也は生きてください。生きて小説を書いてください。だって、わたしはあなたの小説が大好きなのですから。新しい作品が読めなかったのは残念ですが、多くの人が読んでくれれば、それはとても嬉しいことです。わたしがそうだったように、多くの人があなたの小説を必要としています』

　椎也は涙で前が見えなくなった。それでも壁に手をつき、階段を上る。ついに屋上まで到達した。あの日、楓と手を繋いで駆け上がった屋上だ。

　屋上の扉を開けると、満天の星空が現れた。

　真円に近い月からの明かりが、楓の手紙を照らす。

『これが最後の謝罪です。わたしは椎也に本当のことを告げられずにいました。余命を譲ってくれたことへの感謝も、堤防で出会う前にあなたを知っていたことも、犯人に盗まれた絵の意味も恥ずかしくて話せませんでした。でも、やっぱり、わたしは真実をあなたにきちんと伝えるべきでした。こんなことになり、もう二度とあなたと話せない今、とっても後悔しています。

わたしがあなたに伝えていなかったことが、もうひとつあります。

わたしは椎也が好きです。マセキに連れていかれたあのビルで、わたしの許へ向かうあなたの光がはっきりとわかりました。心に触れるあなたの光がとても愛おしく感じられました。

人生最後だから、人生最初で最後の言葉を言います。

あなたを愛しています。

そのことをあなたに伝えられなかったことが、人生最大の悔やみです。

その悔やみを抱えながらわたしは逝きます。悔やみもまたわたしの心の一部ですから。

さようなら、椎也。

わたしの腎臓と共に少しでも長く生きてください。楓』

手紙は終わった。椎也は呆然と立ち尽くす。自分はなにも見えていなかった、考えていなかった。きちんと考えれば、楓のことを深く思えば、わかったはずだ。だって、自分も楓を愛しているのだから。

自分こそ、生きている楓に伝えるべきだった。一緒にいられる未来がないとしても、そんなことは関係がない。感情の赴くまま語ればよかったのだ。

そんなこともわからない、上っ面な感情で小説を書くなんて、傲慢《ごうまん》で愚かすぎる。

手紙を握りしめ、椎也は屋上を漂う。

楓の手紙を読んではっきりわかったもうひとつのことは、本当に楓がこの世界にいないことだ。彼女は自分の意思でこの世界から一足先に消えた。それは俺を救うためだった。

椎也は少しだけ欠けた月を見上げる。月の下、楓がいない世界で自分だけが生きてなんの意味があるのか。芥川が書いた『歯車』の主人公は、黒いレインコートの男を死の象徴として捉え、眠っているうちに誰かが絞め殺してくれることを願った。

自分はそんなことを望まない。自分の命は自分で定める。運命を決めるのは侍姿の死神でも黒いレインコートの男でもない。自分自身だ。

椎也は屋上の縁にある手すりに手をかける。

手すりを越えて反対側の狭い場所、マセキにスタンガンを当てられた場所に再び立つ。そこからビルの外を見下ろす。冬の風が頰の涙を冷やす。直下には半年前に自分の腎臓を潰した駐車場の車止めが見える。

椎也は鉄の手すりからゆっくりと手を離す。

「なにをしているでござる」

椎也は顔を上げる。

目の前の空中にミナモトが浮かんでいた。

「久しぶりだな。元気だったか」

「そんな悠長なことを言っている場合ではござらん。楓殿が死に、椎也殿までまた運命に逆らって自分で命を落とすなんて許されん」

「やっと会えたな。俺は死なない。楓が命と引き換えにくれた腎臓だ。楓と共に俺は生きる」

椎也は再び手すりを越えて、屋上の床に着地する。服の上から腹の傷をさする。自分と楓が交わった温かみが伝わる。この温かみがあれば、どんな死の幻影にも負けない。

「じゃあ、なぜにそんな危険なところに立っていたでござるか」

空中でミナモトが首をひねる。

「あんたを呼び出すためだ。あんたは携帯の番号を教えてくれないからな。自殺するふりをすれば、きっと現れると思った。本当の運命をあんたは知っているはずだが、楓のことがあって、また運命と異なる死が起きるかもしれないと疑心暗鬼になると考えた」

「策士じゃな。しかし、そこまでして、どうして拙者に会いたかったのじゃ？　まさか楓殿の仇討ちをするつもりではないだろうな。拙者が楓殿を殺《あや》めたのは彼女が望んだことじゃ。それに死神が人を殺してなにが悪い」

「そのことを責めはしない。ミナモトは自分のきまりを忠実に実行しただけだ。会いたかったのは、礼を言いたかったからだ」

「拙者に礼とは異なことを言うでござるな」

「あんたが余命を教えてくれたから俺は楓に出会えた。楓がいたことで俺は救われた。終わりが見えている人生が辛くて恨んだこともあったが、楓と引き合わせてくれたことに今は感謝している。ありがとう」椎也は頭を下げる。「楓の手紙を読んで、なにがあったのかは大体わかった。だが、ひとつだけわからないことがある。あの海岸沿いの道で、俺は猫、正確には猫の遺体を助けたから、余命を告知したとミナモトは言った。でも、それはおかしい。たまたま猫がいたから助けることができたけど、話ができすぎている。ダンプカーが通過したのも都合が良すぎる。調べたら、あの道は長い間工事をしていて車道の両端は通行止めになっていた。あの日、ダンプカーが通るわけがない」

椎也が話し終えると、ミナモトが指を弾く。

「にゃあ」

背後から聞こえる。

振り向くと、屋上に黒猫が一匹座っていた。

「あの時の猫?」

「左様。猫は轢かれていない。そのように見えるように拙者が細工したのじゃ」

「どうして生きている猫ではなく、死んでいる猫を?」

「拙者は死神じゃからな。死体のほうが扱いやすい。この黒猫には死体のふりをしてもらった。猫が動いてしまうと、椎也殿も助けにくいじゃろ」

「なんのためにそんなことを？」

ミナモトが宙を移動して、黒猫の隣に降り立つ。

「楓殿のためじゃ。あの頃の楓殿はひどく落ち込んでいた。それはそうじゃろう、あんな若い身空でひとり死ななければならないのじゃからな。其方たちには伝えていなかったが、余命を告知されて正気を失う者も少なくない。

余命が尽きるその日まで楓殿が元気で過ごせるように、同じ境遇の其方と引き合わせる必要があったのじゃ。だが、楓殿が其方の余命を知っても、お互いの余命について話せないようでは楓殿が癒《い》やされない。そこで、椎也殿にも余命を告知するために、死体のふりをした猫を配置した。

椎也殿が猫を見捨てる恐れもあったが、見事に猫を救い善行を施したので、其方に余命を知らせることができ、楓殿は余命について人と話すことができるようになった」

ミナモトが黒猫の頭を撫でる。

「楓が俺と余命について語り合えるように、黒猫を使って俺に余命を宣告したということか。あんた、願い事以上のことをやっていないか？」

「サービスじゃ」

「サービス？」

「最近南蛮の言葉を勉強しておるから、その言葉で合っていると思うのじゃが。楓殿を長生きさせることはできぬが、せめてこれぐらいはな」

　ミナモトが月を見上げる、そこに楓の魂があるかのように。

「椎也殿を生かすために楓殿があのような行動を取るのは予想外じゃった。そのせいで、椎也殿の運命はかなり長生きするように変わっておる、新しい余命は言えぬがな」ミナモトが含み笑いをする。「自殺すると見せかけて、拙者を謀るとは大したもんじゃ。さっきはダウトと言うべきじゃったな」

「ダウトの意味を学んだんだ。だけど、ミナモト、あんたこそダウトだ」

「拙者は嘘などついてござらん」

「ミナモト、前世はなんだったんだ」

「前にも言ったろう、会津の侍じゃ」

「それがダウトだ。ミナモトはその姿で政府軍と戦ったと言った。だが、戊辰戦争が起きたのは幕末だ。すでに戦いの中心は銃や大砲に移っていた。そのような袴姿で戦う侍は少なかった。幕末は生活に困窮している武士が多く、あんたが腰にぶら下げているような立派な刀を二本も差せるのは限られた上級武士だけだったが、あんたは三男坊で禄が少ないと嘆いていた」

　ミナモトが黙る。

「ミナモト、あんたは侍じゃないだろ？」

「さすが物書きでござるな。拙者は侍ではござらん。会津の百姓だった」

「どうして侍の姿を？」

「拙者は百姓の三男坊じゃ。当時の農家の三男など芥《あくた》みたいなものだった。わしらと違い、お侍さんは立派でござった。立ち居振る舞いが素晴らしかった。通りの角を曲がるのにもお侍さんは直角に曲がるのだぞ」

「侍に憧れていたのか」

「いかにも」ミナモトが頷く。「実家を離れて城下に住み、お侍さんに仕える機会を窺っているときに、戊辰の戦がはじまった。会津を守るために城のお侍さんは必死で戦った。年端のいかない武家の子供たちも白虎隊として奮戦した。拙者はただの町民だったが、鍬《くわ》を握り参戦しようとした。しかし、本当の戦は恐ろしいものでござった。大筒の音が鳴り響き、銃弾が飛び交っていた。拙者は戦うことができずに、家で震えていた。そうこうしているうちに政府軍が街へ攻め入り、拙者は火事の煙にまかれてしまった。気がついたら、死神になっていた。自分の望みが叶ったのか、この姿になってな」

ミナモトが両腕の裾を広げる。

「ミナモトにとって、侍になることが死ぬ前からの夢だったんだな」

「死してもなお夢は残る。百姓が侍になるなんて昔は無理だったが、今の世は自分が望めばなんにでもなれる。たとえ望みが叶わなくても、誰でも夢に向かって自由に歩むことができる。足を上げて一歩踏み出せば、足跡は残る。夢こそ生きる価値あり。そう思わんか」

ミナモトが清々《すがすが》しい表情をする。

「そうかもしれないね」

「よろしい。椎也殿は、夢である小説を書き上げたのだな」

「このビルに入る直前に編集者へメールで初稿を送信した。死ぬほど苦労したけど、書き上がったから、ここに来たんだ」

「それでは、願い事をよろしく」

夜の風がふたりの間を過ぎる。

願い事？

「どういうことだ？　俺の願い事は楓に半年の余命をあげることだった。すでに叶えてもらった」

「勝田殿の願い事じゃ」

「勝田さんの？　願い事をすでに実行したと言っていなかったか？」

「左様。勝田殿の願い事は、『椎也が小説を書き上げたら、願い事を叶えてやってほしい』ということだった。椎也殿が自殺しそうだからここに来たのではござらん。小説ができたから、其方の願い事を叶えるために拙者は現れたのじゃ」

勝田さんが貴重な願い事を俺のために……。

「若いのに死ななければいけない椎也殿を不憫に思い、勝田殿は己の願い事を其方に託したのじゃ」

もうひとつ願い事が叶う。

「おっと、言っておくが、楓殿を生き返らせることはできないぞ。死者を生き返らせたら、人口が増えてこの世は人で埋まってしまう」

ミナモトが椎也の考えを先回りする。

「わかっている。別の願い事をするよ」

椎也は微笑む。生き返ってから初めて笑った気がした。

エピローグ

「川上先生、お時間です」

若い男の編集者が声を掛ける。

「ありがとう。今行きます」

ノートパソコンを閉じて、椎也は控え室を出る。

「川上先生ならサイン会も、もう慣れっこですよね」

書店の廊下を歩きながら若い編集者が言う。彼とは今回初めて一緒に仕事をした。まだキャリアは浅いが、仕事熱心で気が利く。

「そうでもないですよ。読者の人と触れ合う前はいつも緊張します。特に今回は初めて書いたジャンルだから、今までと違う読者が多いでしょうし」

七作目の自著に、椎也は児童書を選んだ。高校生のときに初めて出版した小説がそこそこヒットして、それから毎年新作を出せるレベルの作家になることができた。ベストセラー作家とは言えないが、一定数のファンが常に読んでくれている。

「今度、デビュー作が映画の原作になるんですよね。しかも、監督はあの大江田章！楽しみです！」

久しぶりに大江田監督から連絡が来て、一緒に映画を作ろうと言われたときは驚いた。七年前の事件を気にして声を掛けてくれたのかと思ったが、ただ良い映画を作りたいだけだと監督は笑っていた。

「お忙しいから、このような小さな書店まで来ていただけるとは思わなかったですよ。言ってみるもんですね」

「ひとりでも多くの人に本を手に取ってもらうためなら、なんでもやりますよ。作家ひとりでは小説を作って売ることはできませんから。編集の人はもちろん、装丁、校正、印刷会社、書店の店員、そして読者。小説はたくさんの人と協力して作り出すものだって、ある大作家が昔教えてくれました。小説はみんなで苦しみ、みんなで喜ぶものだって」

書店の一角に設けられたサイン会のブースに顔を出すと、待っていたファンから拍手が起こる。

「いつも読んでいます!」

若い女性の読者が、椎也の児童書を広げ、見返しをこちらに向ける。

「ありがとう」

椎也は丁寧にサインをする。

彼女が表紙をこちらに向けて本を抱えると、手を差し出してきたので、握手した。

椎也は表紙に目を落とす。『くもとそら』というタイトルの背景に雲と空の絵が見える。この絵にあわせて、タイトルを決めて、物語を創作した。絵の中の空はどこまでも青く、雲はどこまでも白い。

表紙の絵は楓が描いたものだ。七年前に亡くなった楓が遺してくれた絵だ。本当はもっと早く表紙に使いたかったが、この絵にふさわしい物語を創る自信が持てなかった。デビューから七年目にして、ようやく楓の絵に見合う物語が書けた。著者である自分の名前の横に、絵の作者である楓の名前が並ぶ。亡くなった楓は喜んでくれているだろうか。

運命が変わり余命がわからなくなったからか、廃ビルの屋上で別れて以降、ミナモトは一度も現れていない。自分の余命などわかる必要はない。先がわからなくても、暗闇の中、ともし火を片手に人は進めるのだ。今なら自信を持ってそう言える。

家にはもう一枚の楓が遺してくれた絵、水族館の絵が飾ってある。いずれは表紙に使いたいが、まだしばらくは自分だけのものにしておきたい。あの絵にはふたりが描かれているから。

「先生、サインしてくれよ」

見慣れた顔が眼前に立つ。

「本を破って紙を食べるつもりか？　子供が泣き出すぞ」昔から知っている男に、昔のような軽口を叩く。

「せっかく来てやったのに、相変わらずだな、おまえは」高校生の時より太った晃弘が苦笑する。「祝儀を奮発するように作家先生に催促しに来た」

来週末に晃弘と紬の結婚式がある。彼らは自分たちが勤めるレストランを貸し切って、来賓のためにすべての料理とウエディングケーキを創作するそうだ。将来は自分たちの店が持てるように、結婚後も共働きを続けると言っていた。

「祝儀以上の食事を期待しているよ」

「俺たちの料理は最高にうまいぞ。しっかり味わえ。でも、楓ちゃんにも食べてもらいたかったよ……」自分で言って晃弘が涙ぐむ。

楓の名前が出て、椎也は小さなため息をつく。

「他のお客さんが並んでいるから今日は帰るわ。来週はよろしくな」

「ああ」

晃弘が去っていく。

晃弘と紬、ふたりが幸せでいるのは嬉しいことだが、どうしても、もうひとつあったかもしれない失われた幸福について考えてしまう。

積まれた『くもとそら』を見る。楓と共に作った本ができても、彼女は読むことができない。読んだ感想を聞くこともできない。

楓が亡くなって七年、片時も彼女を忘れたことなどない。

椎也は机の下で腹の傷をさする。傷の下で今も楓の腎臓が汚れを取り除き、きれいな血を提供してくれている。楓に生かされている。だから、死ぬわけにはいかない。たとえ、ひとりきりでも。限られた命が尽きるまで小説を書き続ける。夢こそ生きる価値があるものだから。

「サインください」

顔を上げると、小さな女の子が大事そうに本を抱えていた。

「風《ふう》ちゃん、ご本を開かないとサインできないよ」

母親だろうか、隣に立つ女性が女の子に話しかける。

「はーい」

風ちゃんと呼ばれた女の子が緊張した面持ちでテーブルの上に本を開く。

椎也がサインするのを真剣な眼差しで見つめている。

「風ちゃんは、いくつだい？」

「七歳！」

「七歳かあ、小学二年生かな」

「ううん、一年！」

風ちゃんが人差し指を力一杯伸ばして「一年」を表す。その指の立て方を椎也は昔見たことがある。強い日差しが降り注ぐ五月の堤防沿いの道で。

「この子、生まれたときから、川上先生の本が大好きなんですよ。自分ではまだ読めないのに、私が買った本を開いてずっと眺めているんです」

「そうなんだ、ありがとう、風ちゃん」

「絵も大好きで、毎日、画用紙にたくさんの空の絵を描いているんです。この本の表紙を広告で見て、これが川上先生の新作だと教えたら、今日は絶対ここに来るって、毎日心待ちにしていました」お母さんがにこやかに話す。

風ちゃんがこちらを嬉しそうに見上げている。

椎也は彼女の顔を見つめる。どこまでも見えそうな瞳。小さい顔、黒い髪。椎也の心臓が鼓動を強め、共鳴するかのように楓の腎臓が熱を帯びる。まちがいない。彼女は楓の生まれ変わりだ。姿形は違うが、椎也にはわかる。間違えるわけがない。目の前にいるのは楓の魂だ。

七年前、ビルの屋上で椎也はミナモトに願い事をした。

『楓の魂を生まれ変わらせてほしい』

魂だけなら人口が増えないから問題はないが、姿形も記憶も継承できないから椎也のことを一切覚えていない、それでもいいのか？　とミナモトが訊いてきた。それで構わない、と椎也が了承すると、楓の魂が世界のどこかに生まれ落ちたとミナモトが教えてくれた。それからずっと椎也は楓の生まれ変わりを探していた。いつかどこかですれ違えると信じて。

この出会いは偶然か、ひょっとすると死神の「サービス」かもしれない。おそらく、もう二度とこの子に会うことはないだろう。それでも、この世界のどこかで楓の魂が新しい肉体の中で光り続けていることがわかれば、強く生きていける。

椎也は涙を流す。体が震え、両手で顔を押さえる。

「おにいさん、どうしたの？　泣いているよ。なにが悲しいの？」

颪ちゃんが心配そうな声を出す。

「悲しくないよ。人は嬉しくても涙を流すんだ」

目の前の小さな少女と、その後ろに透けて見える楓に向かって、椎也は微笑んだ。

エピソード0　ひとりの余命

青い空と白い雲。堤防に寄り掛かり、見上げる空は美しい。

突然、世界が暗転した。白い雲が太陽を隠してしまった。遠くの景色は明るいのに、私の周りだけが暗い日陰に沈んでいる。


先月、私の人生は前触れもなく暗転した。中一から毎週末続けている図書館ボランティアの帰り道、後ろから声を掛けられた。振り向くと、小さな侍がいた。子供たちに読み聞かせをした絵本の世界に入り込んだのかと思ったけど、侍は子供向けの本ではありえないことを口にした。

『楓殿、其方の余命はあと一年でござる』

最初は信じなかったけど、周りの通行人は誰も侍に目もくれない。小さな侍が見えているのは私だけだった。ミナモトと名乗った侍は、公園のベンチで余命について私に語った。ボランティアという善行を長く続けたから余命を教えてもらえたこと、死因は教えられないこと、願い事をひとつ叶えてくれること。

余命一年。高校に入学したばかりの私にとって、あまりに残酷な宣告だ。出張や残業で家族がいない家で、ひとり泣く夜を重ねた。

現実に嫌気がさして、非現実なテーマパークへ逃げ込んでみたけど、雑踏の中にひとり取り残される寂しさを味わっただけだった。テーマパークは心許せる人と来たかった。

お好み焼き屋の鉄板を挟み、華麗な手つきで豚玉を焼いている親友の紬に余命のことを打ち明けようとしたら、紬の隣にミナモトさんが現れて、「楓殿、余命について口外すると其方を殺めることになるぞ」と脅された。

どうしようもなかった。誰にも話せないし、誰も助けてくれない。どこにも行き場がなかった。学校では、クラスメイトの前で明るく振る舞い、トイレで声を殺して泣いた。

そうしている間にも、余命は少しずつ減っていった。朝起きたときは、残り少ない命を精一杯生きようと決心するけど、ひとりの夜を迎える頃には絶望だけが残った。私は少しずつ心を失っていった。余命が尽きるよりも早く、私の感情が死に絶えそうだった。

休み時間に、次の授業で使う梶井基次郎《かじいもとじろう》の顔写真のパネルを運んでほしいと現代文の明石先生に頼まれた。どうして私に声を掛けたのか尋ねると、最近の楓さんはどこかに表情を落としたような顔をしているから、と先生が答えた。隣のクラスの担任なのに、私をよく見ていることに驚いた。最初の授業で、読書が趣味と自己紹介したのを覚えていた先生が、ある小説のコピーを渡してくれた。

「私のクラスの男子が中一のときに書いた小説よ」

コピーには作者の名前が書かれていた。

その小説は私を救ってくれた。十三歳の輝かしい文章は、あと一年で死ぬ私には眩しすぎるはずなのに、その光は私を優しく照らし、春の日差しのように温めてくれた。彼が紡ぐ物語はたどたどしいけど必死に前へ進んでいて、読んでいると、作者を応援したくなった。物語がラストにたどり着くと私はほっとし、そして泣いた。いつも黒い影のようにつきまとう余命のことを、彼の小説を読んでいる間は忘れることができた。

十三歳がこれだけの小説を書いたことに驚き、この作家の今後に思いを馳せた。余命一年の私と違い、こんなに素晴らしい小説を残せる人には輝かしい未来がある。

小説を読み終えた興奮のままに、私は絵筆をとった。今までは親に言われて描いてきたけど、生まれて初めて自分から絵を描いた。小説を読んで得たイメージを紙にぶつけた。彼の小説を何度も読み、自分の絵を眺め、心を温め直した。

だけど、私をさらに深い闇に落とす出来事が起きた。自宅に入った空き巣が彼の小説と私の絵を盗んでしまったのだ。わずかな明かりが射す窓さえも潰されてしまった。

暗闇の中で、私は落ち込み、なにもかもが嫌になりかけたが、闇に射す一筋の光のような彼の小説をもう一度読むことに救いを求めた。

彼の小説を再度もらえないか、もしも新作があれば読みたいとお願いすると、明石先生は少し困った顔をして、予備のコピーがないこと、その作者が新作を書いていないことを教えてくれた。

「彼なら原稿を持っていると思うけど、読まれることを嫌がるかもしれないわね」

私は、彼がどんな人か知りたくなった。廊下を通りながら、彼のクラスをさりげなくのぞいた。作家というから細い体格の男子を想像していたけど、彼は背が高く体を鍛えているように見えた。三島由紀夫《みしまゆきお》に憧れているのかな。

教室の席に座り、彼はクラスメイトとふたりで談笑していた。オズワルドがどうとか言っているのが聞こえた。漫才師のオズワルド？　お笑いが好きなのかな。

それ以上、彼に近づくことはできなかった。いつも元気そうに見せているから、他人は私を明朗快活な人間だと思っているかもしれないけど、本当の私はそうじゃない。大事なことには踏み込めず、目の前で足踏みしてしまう。そんな人間だ。

私は彼の観察をはじめた。彼は無愛想で、笑うことはめったになかった。世界のなにかを憎んでいるというより、世界を諦めてしまったような表情をしている。オズワルドの話をしていた同級生だけが友人みたいだ。私が見ている限りでは彼が本を読んだり、文章を書いたりすることはなかった。

昼休み、図書室へ行った。借りる本を探して本棚を見てまわったが、読みたい本はなかった。自分には将来がないのに、人生に役立つ希望の本も、人の死を綴《つづ》った絶望の本も読みたくなかった。

図書室に誰かが入ってきた。彼だった。彼は奥の席につき、ノートを広げた。ペンでなにかを書き込もうとしたが、突然まばたきを激しくしはじめ、ペンを置いて頭に手を当てた。

私は本棚の陰から彼をのぞき見た。彼は両手で頭を押さえて、顔を机に伏せていた。指の間から見える彼の横顔は歪み、こちらに歯ぎしりが伝わってくるようだった。だけど、彼は少しも音を立てず声も上げなかった。かなり激しい頭痛に襲われているようなのに、長い間じっと耐えていた、まるで自分の苦しみを外へ出さないと決めているみたいに。

しばらくして頭痛が治まったのか、ふらふらと立ち上がると、彼は図書室を出ていった。私は彼に声を掛けることができなかった。

私は彼の観察を続けた。隣のクラスとの合同授業のときは彼の姿を目で追い、放課後は下校する彼を尾行した。これでは、ちょっとしたストーカーだと我ながら思った。

駅近くにある文房具屋の前で彼は立ち止まったが、店には入らずショーウィンドウを眺めていた。ガラスの先には、様々な色の万年筆やボールペン、原稿用紙が並んでいた。まるで死神でも見たかのようにガラスに映る彼の顔が苦悶《くもん》の表情に変わった。頭を押さえながら、その場で蹲った。彼はうつむき、長い間、自分を抱えていた。

私を救ってくれた小説の作者が苦しんでいる。どこか悪いのか。病気であれば治療すべきだ。ひょっとするとそのせいで、新作が書けないのかもしれない。

最初はあの小説の作者がどういう人か知りたくて好奇心からあとをつけていたけど、苦しむ彼を見て、彼を救いたくなった。だけど、私は医者ではないから、彼を治せない。突然彼に話しかけて、無視されるのも怖かった。それに、私の余命はあと一年だ。出会っても一年しか一緒にいられない。一年後、私はなんらかの原因で死に、この世から姿を消す。

どうすることもできない現状を憂い、なにもできない自分をなじった。

「久しぶりじゃな。短い余命を満喫しておるか？」

自宅の部屋に、ミナモトが現れた。最初に会ったときと同じ侍姿をしていた。

「そんなわけないでしょ。今日はなんの用？　余命を延ばしてくれるの？」

「余命を延ばすことはできんが、他のことなら願い事で叶えられるぞ」

「願い事は他人のためにも使えるの？」

「可能じゃ。たったひとつの貴重な願い事を他人のために使う者は少ないがな」

「川上椎也くんの病気を治して」私は躊躇なくお願いした。

「椎也殿……、楓殿と同じ学校の者じゃな。残念ながら、それはできん」

「なんで？　他人のことでも願いを叶えてくれるって言ったじゃない」

「余命が延びる類いの願い事は叶えられん。そんなことをしたら、誰も死ななくなり、この世は人で埋まってしまう。いくら椎也殿の余命が短くてもそれは無理な相談じゃ」

「余命が短い？　彼の余命はどれくらいなの？　教えて」

「楓殿よりは長いが、椎也殿の余命はあと二年でござる」

そんな……、どうして彼があと二年で死なないといけないのか。私が一年で死ぬのも理不尽だけど、彼には小説を書く才能がある。長生きできれば、人を癒やせる小説をもっと書くことができるのに。

「ミナモトさん、私の余命を彼にあげて」

気がついたら、そう口にしていた。余命が短いことを絶望していたのに、残り少ない命を他人に渡すなんてありえない。だけど、そう言ってしまえるほど、自分が彼を好きになっていたことに、自ら発した言葉によって気づかされた。私は彼のことが好きだ。だから、彼を救いたい。彼に小説を書いてもらいたい。

「それも無理でござる。楓殿はさっき願い事を使ってしまったでござる」

「彼の病気を治してもらっていないけど」

「椎也殿の余命をお教えした。それで願い事は終わりじゃ。では、さらばだ。短い余命をたっぷり堪能してくれ」

「ちょっと待って。彼も余命が短いなら、彼と余命について話してもいいの？」

「それもできんな。彼は自分の余命を知らんからな」

「だめばっかり。一年で死ぬ若者にあんまりじゃない？」

「うーむ」ミナモトが腕を組んで悩む。「それでは賭けをしないか？」

「賭け？」

「拙者が椎也殿にある仕掛けを用意する。自らの危険を顧みずに椎也殿が善行を施したら、彼に余命を教える。さすれば、余命仲間として椎也殿と楓殿は話すことができるでござる。これは武士の情けでござるよ」ミナモトが笑顔で言った。

今、この堤防の向こうでは、彼が歩いてきている。まもなくミナモトが仕掛けた地点に差し掛かる。彼はきっと正しいことをする。私はそう信じている。これで私たちは余命について話すことができる。そのあと、彼と一緒にやりたいことが私にはある。

ミナモトが彼に余命を告げたら、私は堤防を上って、彼の前に現れ、初めて会ったふりをする。彼の心を少しでも軽くするために、短い余命を気にしていない、明るく元気な女の子を演じる。

どきどきするけど、わくわくする。余命を知ってから、初めて生きている実感がする。

白い雲が流れて、隠れていた太陽が再び顔を出し、私を照らした。

本書は、Ａｍａｚｏｎ Ｋｉｎｄｌｅ版として二〇二一年十二月に発売された『ふたりの余命』を改題・加筆修正し、文庫化したものです。

この物語はフィクションです。作中に同一の名称があった場合でも、実在する人物・団体等とは一切関係ありません。

宝島社
文庫

ふたりの余命　余命一年の君と余命二年の僕
（ふたりのよめい　よめいいちねんのきみとよめいにねんのぼく）

2023年10月19日　第1刷発行

著　者　高山 環
発行人　蓮見清一
発行所　株式会社 宝島社
〒102-8388　東京都千代田区一番町25番地
電話：営業 03(3234)4621／編集 03(3239)0599
https://tkj.jp
印刷・製本　株式会社広済堂ネクスト

Printed in Japan
ISBN 978-4-299-04737-3